深思与省悟

梁漱溟 著
梁培宽 选编

生活·讀書·新知 三联书店

Copyright © 2017 by SDX Joint Publishing Company.
All Rights Reserved.
本作品版权由生活·读书·新知三联书店所有。
未经许可,不得翻印。

图书在版编目(CIP)数据

深思与省悟/梁漱溟著;梁培宽选编.—北京:生活·
读书·新知三联书店,2017.7 (2023.10重印)
ISBN 978 - 7 - 108 - 05815 - 7

Ⅰ.①深… Ⅱ.①梁…②梁… Ⅲ.①散文集-中国-当代
Ⅳ.① I267

中国版本图书馆CIP数据核字(2016)第220863号

责任编辑	李 佳
装帧设计	康 健
责任校对	常高峰
责任印制	李思佳
出版发行	生活·讀書·新知 三联书店
	(北京市东城区美术馆东街22号 100010)
网　址	www.sdxjpc.com
经　销	新华书店
印　刷	河北松源印刷有限公司
版　次	2017年7月北京第1版
	2023年10月北京第4次印刷
开　本	787毫米×1092毫米 1/32 印张5.5
字　数	85千字
印　数	13,001 - 16,000册
定　价	42.00元

(印装查询:01064002715;邮购查询:01084010542)

编者前言

我为先父文稿编辑出版之事，至今已干了三十多年，读过的文稿无数，其中有的留有印象特深，常一读再读，不忍释手。如从中选择若干，汇编成小书一本，供人茶余饭后翻翻，或许是一件有意义的事。于是利用业余时间，经过约半年的努力，终于了却自己的心愿。

选入此书的文字，或长或短，内容差别更大。但被选入，总各有缘由。

先父一生东奔西走，经历之多，常人少有。一九三八年初，赴陕北走访中共领导人，写有《初访延安所见》；一九三九年，由大后方重庆，往山东敌后，在鲁南蒙阴山区，于日军包围中历经危难，后写出《山东敌后历险》。一九四二初，太平洋战争爆发，日军进占港九，先父当时恰在此为中国民主同盟创办《光明报》，并主持其事。为避敌人搜捕，先父乘小木船潜返内地，又历经艰险，至桂林后，即撰成《香港脱险寄宽恕两儿》，以家书的形式详尽地记述其经过，以及历险后的感想。这类出自亲历者之手的文字，自然有可一读之处。

一日先父与我二人闲谈间，先父忽然说了这样一句话："《思亲记》是我所写成的文章中最好的一篇。"此文写成于一九二五年，此时距我祖父巨川老先生自沉明志于北京积水潭已七年。文中先父诉说了追思之意和深自悔悟之情，是我最爱读的一篇文字。

《怀念熊十力先生》是先父暮年所撰成的一篇文字，当时他已年届九十。出于对挚友的怀念，他仅仅以一千二十字，便言简意赅地写出了二人四十年交谊。

上世纪三十年代初，先父常在黎明前与学生做朝会活动，会上与学生讲话，多是给学生以指点启发，内容或谈论人生修养，或讲述治学方法，因均出自切身体认，或本于个人感悟，与空泛议论根本不同。一九三六年（抗日战争爆发前一年），这些讲话的一部分曾被辑录成书出版，书名《朝话》。此书出版后，已前后再版十多次。现将讲话八篇也选入，提供给读者。

此前不曾发表过的文字，也有多篇收入本书，如《谈禅宗》《谈静》，以及《生物生命与天时节气变化息息相关》等，在此无须一一列举。大家自可从个人兴趣，去选读好了。

全书之末的几篇是从先父的《勉仁斋读书录》一书中选的,每篇字数都不多,但均可见出作者的识见和体悟有他人所不及之处。

编这类散文集在我是第一次,无经验之可言,因此在文章的取舍及排编等问题上,常与李佳同志商量,听取她的意见。并通过她与三联书店沟通,取得认可,终得以出版。在此自应向她表示感谢。

最后,还愿能听到读者的意见,望多多指教。

梁培宽于北大承泽园
二〇一六年七月十二日,时年九十有一

目录

1　编者前言

3　秋意

5　三种人生态度

9　成功与失败

11　吾人的自觉力

13　欲望与志气

15　择业

18　一般人对道德的三种误解

21　道德为人生艺术

26　谈乐天知命

29　谈修养

32　谈戏剧

36	谈禅宗
38	谈静
41	何谓理性
43	孔子的道理与中国的人生
45	这好比太阳底下不用灯
47	思索与领悟
55	一个瘠弱而又呆笨的孩子
58	我的中学生活
63	思亲记
69	先父所给予我的帮助
72	纪念先妻黄靖贤
77	寄宽恕两儿
79	山东敌后历险
84	香港脱险寄宽恕两儿
106	寄晓青甥
109	怀念熊十力先生
115	初访延安所见
119	统一与民主

122　答政府见召书

128　国庆日的一篇老实话

133　孔子真面目将于何求？

145　敬答一切爱护我的朋友，我将这样地参加批孔运动

150　成都诸葛武侯祠拜谒志感

151　《论语》决不可不读

153　读新版李氏《焚书》《续焚书》

158　个人出自社会，社会大于个人

160　风俗人情古厚今薄

162　率直无隐以报梁任公

164　生物生命与天时节气变化息息相关

空 假 中

時刻自警：

一切法畢竟空。心淨如虛空，永離一切有。照見五蘊皆空，何從有我。

於無我中幻有今我，隨众緣生。以如此菲材值如運會，不可免地肩其艱難險阻，戰之兢之如臨深淵如履薄冰，要當目不旁視心不旁用，好之負起歷史使命而行。

秋 意

【编者导言】一九三二年至一九三六年,梁漱溟任山东省乡建院研究部主任,研究部每日有例行的朝会,会上由主任向学生作讲话。讲话有长有短,听讲者是否笔记,每无一定之规。各篇讲话作出之年月日已无从考察,只能判定所有讲话作出的年代。至于朝会这一有意义活动的内容,读者可参阅梁漱溟所作的《朝话·增订版序言》。

收入本书之第一篇《秋意》至第八篇《道德为人生艺术》,均为"朝会"讲话,选自《朝话》一书。而入选《朝话》的又仅是几百次讲话中所得留存下来的一小部分(仅五十九篇)。现又从中精选出八篇收入本书,以飨读者。

现在秋意渐深。四时皆能激发人：春使人活泼高兴；夏使人盛大；秋冬各有意思。我觉得秋天的意思最深，让人起许多感想，在心里动，而意味甚含蓄；不似其余节气或过于发露，或过于严刻。我觉得在秋天很易使人反省，使人动人生感慨。人在世上生活，如无人生的反省，则其一生就活得太粗浅、太无味了。无反省则无领略。秋天恰是一年发舒的气往回收，最能启人反省人生，而富感动的时候。但念头要转，感情要平。心平下来，平就对了。越落得对，其意味越深长；意味越深长越是对。我在秋天夜里醒时，心里感慨最多。每当微风吹动，身感薄凉的时候，感想之多，有如泉涌。可是最后归结，还是在人生的勉励上，仿佛是感触一番，还是收拾收拾往前走。我夙短于文学，但很知道文学就是对人生要有最大的领略与认识，它是与哲学相辅而行的。人人都应当受一点文学教育，这即是说人人都应当领略领略人生。心粗的人也当让他反省反省人生，也当让他有许多感想起来。当他在种种不同形式中生活时，如：四时、家庭、做客、做学生、当军人、一聚一散等等，都应使他反省其生活，领略其生活。这种感想的启发都是帮助人生向上的。

三种人生态度
——逐求、厌离、郑重

人生态度是指人日常生活的倾向而言,向深里讲,即入了哲学范围;向粗浅里说,也不难明白。依中国分法,将人生态度分为出世与入世两种,但我嫌其笼统,不如三分法较为详尽适中。我们仔细分析:人生态度之深浅、曲折、偏正……各式各种都有;而各时代、各民族、各社会,亦皆有其各种不同之精神;故欲求不笼统,而究难免于笼统。我们现在所用之三分法,亦不过是比较适中的办法而已。

按三分法,第一种人生态度,可用"**逐求**"二字以表示之。此意即谓人于现实生活中逐求不已:如饮食、宴安、名誉、声、色、货、利等,一面受趣味引诱,一面受问题刺激,颠倒迷离于苦乐中,与其他生物亦无所异;此第一种人生态度(逐求),能够彻底做到家,**发挥至最高点者,即为近代之西洋人**。他们纯为向外用力,两眼直向前看，逐求于物质享受，其征服自然之威力实甚伟大，最值得令人拍掌称赞。他们并且能将此第一种人生态度理智化，使之成为一套理论——哲学。其可为代表者，是美国杜威之实验主义，他很能细密地寻求出学理的基础来。

第二种人生态度为"**厌离**"的人生态度。第一种人生态度为人对于物的问题，第三种人生态度为人对于人的问题，此则为人对于自己本身的问题。人与其他动物不同，其他动物全走本能道路，而人则走理智道路，其理智作用特别发达。其最特殊之点，即在回转头来反看自己，此为一切生物之所不及于人者。当人转回头来冷静地观察其生活时，即感觉得人生太苦，一方面自己为饮食男女及一切欲望所纠缠，不能不有许多痛苦；而在另一方面，社会上又充满了无限的偏私、嫉妒、仇怨、计较，以及生离死别种种现象，更足使人感觉人生太无意思。如是，乃产生一种厌离人世的人生态度。此态度为人人所同有。世俗之愚夫愚妇皆有此想，因愚夫愚妇亦能回头想，回头想时，便欲厌离。但此种人生态度虽为人人所同具，而所分别者即在程度上深浅之差，只看彻底不彻底，到家不到家而已。此种厌离的人生态度，为许多宗教之所由生。最能发挥到家者，厥为印度人；印度人最奇怪，其整个生活，完全为宗教生活。**他们最彻底，最完全；其中最通透者为佛家。**

第三种人生态度，可以用"郑重"二字以表示之。郑重态度，又可分为两层来说：其一，为不反观自己时——向外用力；其二，为回头看自家时——向内用力。在未曾回头看而自然有的郑重态度，即儿童之天真烂漫的生活。儿童对其生活，有天然之郑重，与天然之不忽略，故谓之天真；真者真切，天者天然，即顺从其生命之自然流行也。于此处我特别提出儿童来说者，因我在此所用之"郑重"一词似太严重。其实并不严重。我之所谓郑重，实即自觉地听其生命之自然流行，求其自然合理耳。郑重即是将全副精神照顾当下，如儿童之能将其生活放在当下，无前无后，一心一意，绝不知道回头反看，一味听从于生命之自然的发挥，几与向前逐求差不多少，但确有分别。此系言浅一层。

更深而言之，**从反回头来看生活而郑重生活，这才是真正的发挥郑重。这条路发挥得最到家的，即为中国之儒家**。此种人生态度亦甚简单，主要意义即是**教人自觉地尽力量去生活**。此话虽平常，但一切儒家之道理尽包含在内；如后来儒家之"寡欲""节欲""窒欲"等说，都是要人清楚地自觉地尽力于当下的生活。儒家最反对仰赖于外力之催逼，与外边趣味之引诱往前度生活。引诱向前生活，为被动的、逐求的，而非为自觉自主的；儒家之所以排斥欲望，即以欲望为逐求的、非自觉的，不是尽力量去生活。此话可以包含一切道理：如"正心诚意""慎独""仁义""忠恕"等，都是以自己自觉的力量去生活。再如普通所谓"仁至义尽""心情俱到"等，亦皆此意。

此三种人生态度，每种态度皆有浅深。浅的厌离不能与深的逐求相比。**逐求是世俗的路，郑重是道德的路，而厌离则为宗教的路**。将此三者排列而为比较，当以逐求态度为较浅；以郑重与厌离二种态度相较，则郑重较难；从逐求态度进步转变到郑重态度自然也可能，但我觉得很不容易。普通都是由逐求态度折到厌离态度，从厌离态度再转入郑重态度，宋明之理学家大多如此。所谓出入儒释，都是经过厌离生活，然后重又归来尽力于当下之生活。即以我言，亦恰如此。在我十几岁时，极接近于实利主义，后转入于佛家，最后方归转于儒家。厌离之情殊为深刻，由是转过来才能尽力于生活；否则便会落于逐求，落于假的尽力。故非心里极干净，无丝毫贪求之念，不能尽力生活。而真的尽力生活，又每在经过厌离之后。

成功与失败

没有志气的人,没有成败可说;有志气的人,没有经过二三十年奋斗不懈的阅历,也不会懂得成功与失败是怎么一回事。成功是什么呢?成功是巧,是天,不是我。失败是什么呢?失败是我,是我的错误,我有缺漏。

一事之成,都需要若干方面若干条件的凑合。百分之九十九都凑合了,一分凑不齐,便不成。在这百分中,有若干是需要自己努力的;有若干是自己努力不来,而有待于外的。而细审之,没有哪一点不需要自己精神贯注,亦没有哪一点不有待于外面机会(非自己力所能及)。然而一个人(或一伙人,或一个团体),怎能没有错误呢?没有缺漏呢?聪明而晓事的人,早晓得自己大小错误多得很,缺漏到处皆是。凡自以为我无过者,都是昏庸蠢劣之极。天下固无无过之事也。说"我无过"者,正已是从头错到底,更不消同他论什么过不过。错误了,而居然不从这里出岔子,而混得过去,岂非天乎!一次混过去,二次又混过去；这里没出岔子，那里又没出岔子，岂非天之又天乎！成功是什么？成功是巧而已，是侥幸而已。古往今来，于事业有成功者，而其人又聪明晓事，吾知其于成功之时必有此叹也。而失败了呢？则不得怨人。一切失败，自然都是各面不凑合，什么事本非自己所能包办的。然而失败之由，总在自己差失处，精神不照处，或是更大的错误，根本错误。像是楚霸王的"天亡我也"，虽在某时亦确有此叹；不过，若因此将自己许多错误缺漏都不算，那还是蠢劣，自己不要强。所以说失败是我，我值其咎。古往今来，一切失败者，而其人又自己真要强，吾知其于努力失败时必如此负责也。

成功的事和失败的事相比较，其当事者内里所有疏漏孰多孰少，亦许差不多；不过一则因其成功而见不出，一则因其失败而不可掩耳。古人云："不可以成败论人"，旨哉言乎！其理盖如此。

吾人的自觉力

一个人缺乏了**自觉**的时候,便只像一件东西而不像人,或说只像一个动物而不像人。**自觉**真真是人类最可宝贵的东西!只有在我的心里清楚明白的时候,才是我超越对象、涵盖对象的时候;只有在超越涵盖对象的时候,一个人才能够对自己有办法。人类优越的力量是完全从此处来的。所以怎么样让我们心里常常清明,真是一件顶要紧的事情。

古代的贤哲,他对于人类当真有一种悲悯的意思。他不是悲悯旁的,而是悲悯人类本身常常有一个很大的机械性。所谓机械性,是指很愚蠢而不能清明自主,像完全缺乏了自觉似的在那里转动而言。人类最大的可怜就在于此。这点不是几句话可以说得明白;只有常常冷眼去看的时候,才能见到人类的可悲悯。

人在什么时候才可以超脱这个不自主的机械性呢?那就要在他能够清明自觉的时候。不过,这很不容易。

人在婴儿时代很蠢的,这时他无法自觉。到了幼年、青年时代,又受血气的支配很大。成年以后的人,似乎受血气的支配较小;但他似乎有更不如青年人处,因这时他在后天的习染已成,如计较、机变、巧诈等都已上了熟路,这个更足以妨碍、蒙蔽他的清明自觉。所以想使人人能够清明自觉,实在是一大难事。人类之可贵在其清明自觉,人类之可怜在其不能清明自觉,但自今以前的人类社会,能够清明自觉者,实在太少了。

中国古人与近代西洋人在学术上都有很大的创造与成就。但他们却像是向不同的方向致力的。近代西洋人系向外致力,其对象为物,对自然界求了解而驾驭之。中国古人不然,他是在求了解自己,驾驭自己——要使自己对自己有一种办法。亦即是求自己生命中之机械性能够减少,培养自己内里常常清明自觉的力量。中国人之所谓学养,实在就是指的这个。

人若只在本能支配下过生活,只在习惯里面来动弹,那就太可怜了。我们要开发我们的清明,让我们正源的力量培养出来;我们要建立我们的人格。失掉清明就是失掉了人格!

欲望与志气

在这个时代的青年,能够把自己安排对了的很少。在这时代,有一个大的欺骗他,或耽误他,容易让他误会,或让他不留心的一件事,就是把欲望当志气。这样的用功,自然不得其方。也许他很卖力气,因为背后存个贪的心,不能不如此。可是他这样卖力气,却很不自然,很苦,且难以长进。虽有时也会起一个大的反动,觉得我这样是干什么?甚或会完全不干,也许勉强干。但当自己勉强自己时,读书做事均难入,无法全副精神放在事情上。甚且会自己搪塞自己。越聪明的人,越容易有欲望,越不知应在哪个地方搁下那个心。心实在应该搁在当下的。可是聪明的人,老是搁不在当下,老往远处跑,烦躁而不宁。所以没有志气的固不用说,就是自以为有志气的,往往不是志气而是欲望。仿佛他期望自己能有成就,要成功怎么个样子,这样不很好吗?无奈在这里常藏着不合适的地方,自己不知道。自己越不宽松,越不能耐,病就越大。所以前人讲学，志气欲望之辨很严，必须不是从自己躯壳动念，而念头真切，才是真志气。张横渠先生颇反对欲望，谓民胞物与之心，时刻不能离的。自西洋风气进来，反对欲望的话没人讲，不似从前的严格；殊不知正在这些地方，是自己骗自己害自己。

择　业

关于择业问题，我觉得最好的态度有两个：

（一）从自己主观一面出发来决定。看看**自己最亲切有力的要求在哪点；或对于什么最有兴趣**。如自己对于社会问题、民族危亡问题之感触甚大，或对自己父母孝养之念甚切，或对家庭朋友的负担不肯推卸……这些地方都算真切的要求。兴趣即是自己所爱好的，方面很多，自己兴趣之所在，即自己才思聪明之所在。这两方面都是属于主观的条件的。从这里来决定自己往前学什么或做什么；学这样或学那样，做这事或做那事。但自己主观上的要求与兴趣虽如是，而周围环境不一定就有机会给你；给你的机会，亦不定合于你的要求、兴趣。这时如果正面主观力量强的话，大概迟早可以打通这个局面。即所谓"有志者，事竟成"。

（二）由客观上的机缘自然地决定。这也是一个很好的态度。把自己的心放得很宽，仿佛无所不可，**随外缘机**

会以尽自己的心力来表现自己。这时自己虽无所择而自然有择。这个态度一点不执着,也是很大方的。

最不好的就是一面在主观上没有强有力的要求,兴趣不清楚,不真切,而自己还有舍不开的一些意见选择,于是在周围环境就有许多合意与不合意的分别。这些分别不能解决——一面不能从主观上去克服它,由不合意的环境达到合意的环境;一面又不能如第二个态度之大方不执着——就容易感觉苦闷。苦闷的来源,即在于心里不单纯,意思复杂。在这里我可以把自己说一下,给大家一个参考。

就我个人说,现在回想起来,觉得从前个性要求或个人意志甚强。最易看出的是中学毕业之后不肯升学,革命之后又想出家。可见自己的要求、兴趣很强,外面是不大顾的。从此处转入哲学的研究,从哲学又转入社会问题之研究与做社会运动;这仿佛是从主观一面出发的多。但这许多年来在实际上我觉得自己态度很宽大,不甚固执,随缘的意思在我心里占很大位置。就我的兴趣来说,现在顶愿做的事,就是给我一个机会,让我将所见到的道理,类乎对社会学的见地与对哲学的见地,能从容地写出来,那在我真觉得是人生唯一快事。但是目前还需要应付许多行政事情，我识人任事似非所长，所以有时会觉得苦。可是我不固执，几乎把我摆在那里就在那里，顺乎自然的推移，我觉得把自己态度放得宽大好一点。不固执，随缘，多少有一点儒家"俟天命"的意思。我自己每因情有所难却、情有所牵，就顺乎自然地随着走。

我的情形大概如此。同学对个人问题应从主观客观方面来审量一下，或偏治学，或偏治事，治学治何种学，治事做何种事，来得一决定，向前努力。

一般人对道德的三种误解

按我的解释，道德就是生命的和谐。普通人对道德有三种不同的误解：

（一）认为道德是拘谨的。拘谨都是迁就外边，照顾外边，求外边不出乱子，不遭人非议，这很与乡愿接近。所谓道德，并不是拘谨；**道德是一种力量，没有力量不成道德。道德是生命的精彩，生命发光的地方，生命动人的地方，让人看着很痛快、很舒服的地方**，这是很明白的。我们的行动背后，都有感情与意志的存在（或者说都有情感要求在内）。**情感要求越直接，越有力量；情感要求越深细，越有味道**。反过来说，虽然有要求，可是很迂缓、很间接，这样行动就没有力量，没有光彩。还有，情感要求虽然是直接，可是很粗，也没有味道。

（二）认为道德是枯燥的。普通人看道德是枯燥的，仿佛很难有趣味。这是不对的。道德本身就是有趣味的。

所以说"德者得也";凡有道之士,都能有以自得——人生不能无趣味,没趣味就不能活下去。人之趣味高下,即其人格之高下,人格高下,从其趣味高下之不同而来;可是,都同样靠趣味,离开趣味都不能生活。道德是最深最永的趣味,因为道德乃是生命的和谐,也就是人生的艺术。所谓生命的和谐,即人生生理心理——知、情、意——的和谐;同时亦是我的生命与社会其他的人的生命的和谐。所谓人生的艺术,就是会让生命和谐,会做人,做得痛快漂亮。普通人在他生命的某一点上,偶尔得到和谐,值得大家佩服赞叹,不过这是从其生命之自然流露而有,并未在此讲求。儒家则于此注意讲求,所以与普通人不同。儒家圣人让你会要在他的整个生活——举凡一颦一笑一呼吸之间,都佩服赞叹,从他的生命能受到感动变化。**他的生命无时不得到最和谐,无时不精彩,也就是无时不趣味盎然**。我们在这里可以知道,一个人常对自己无办法,与大家不调和,这大概就是生命的不和谐,道德的不够。

(三)认为道德是格外的事情,仿佛在日常生活之外,很高远的、多添的一件事情。而其实只是在寻常日用中,能够使生命和谐,**生命有精彩,生活充实有力而已**。

道德虽然有时候可以发挥为一个不平常的事；然而就是不平常的事，也还是平常人人心里有的道理。**道德并不以新奇为贵，故曰庸言庸行。**

道德为人生艺术

普通人对于道德容易误会是拘谨的、枯燥无趣味的、格外的或较高远的,仿佛在日常生活之外的一件事情。按道德可从两方面去说明:一面是从社会学方面去说明,一面是从人生方面去说明。现在我从人生方面来说明。

上次所说的普通人对于道德的三点误会,由于他对道德没有认识使然;否则,便不会有这种误会。**道德是什么?即是生命的和谐;也就是人生的艺术**。所谓生命的和谐,即人生生理心理——知、情、意——的和谐,同时,亦是我的生命与社会其他的人的生命的和谐。**所谓人生的艺术,就是会让生命和谐,会做人,做得痛快漂亮**。凡是一个人在他生命某一点上,值得旁人看见佩服、点头、崇拜及感动的,就因他在这个地方,生命流露精彩,这与写字、画画、唱戏、作诗、作文等做到好处差不多。不过,在不学之人,其可歌可泣之事,从生命自然而有,并未于此讲求。然在儒家则与普通人不同,他注意讲求人生艺术。儒家圣人让你会要在他整个生活举凡一颦一笑一呼吸之间，都感动佩服，从而他使你的生命受到影响变化。以下再来分疏误会。

说到以拘谨、守规矩为道德，记起我和印度泰戈尔的一段谈话。在民国十三年时，泰戈尔先生到中国来，许多朋友要我与他谈话，我本也有话想同他谈，但因访他的人太多，所以未去。待他将离北平时，徐志摩先生约我去谈，并为我们做翻译。到那里，正值泰戈尔与杨丙辰先生谈宗教问题。杨先生以儒家为宗教，而泰戈尔则说不是的。当时徐先生指着我说："梁先生是孔子之徒。"泰戈尔说："我早知道了，很愿听梁先生谈谈儒家道理。"我本无准备，只就他们的话而有所辩明。泰戈尔为什么不认儒家是宗教呢？他以为宗教是在人类生命的深处有其根据的，所以能够影响人。尤其是伟大的宗教，其根于人类生命者愈深不可拔，其影响更大，空间上传播得很广，时间上亦传得很久远，不会被推倒。然而他看儒家似不是这样。仿佛孔子在人伦的方面和人生的各项事情上，讲究得很妥当周到，如父应慈、子应孝、朋友应有信义，以及居处恭、执事敬、与人忠等等，好像一部法典，规定得很完全。这些规定，自然都很妥当，都四平八稳的；可是不免离生命就远了。因为这些规定,要照顾各方,要得乎其中;顾外则遗内,求中则离根。因此泰戈尔判定儒家不算宗教;而很奇怪儒家为什么能在人类社会上与其他各大宗教却有同样长久伟大的势力!我当时答他说:"孔子不是宗教是对的;但孔子的道理却不尽在伦理纲常中。伦理纲常是社会一面。"《论语》上说:"吾十有五而志于学,三十而立,四十而不惑,五十而知天命,六十而耳顺,七十而从心所欲不逾矩。"所有这一层一层的内容,我们虽不十分明白,但可以看出他说的是自己生活,并未说到社会。又如《论语》上孔子称赞其门弟子颜回的两点:"不迁怒,不贰过",也都是说其个人本身的事情,未曾说到外面。无论自己为学或教人,其着重之点,岂不明白吗?为何单从伦理纲常那外面粗的地方来看孔子呢?这是第一点。还有第二点,孔子不一定要四平八稳,得乎其中。你看孔子说:"不得中行而与之,必也狂狷乎!"狂者志气很大,很豪放,不顾外面;狷者狷介,有所不为,对里面很认真;好像各趋一偏,一个左倾,一个右倾,两者相反,都不妥当。然而孔子却认为可以要得,因为中庸不可能,则还是这个好。其所以可取处,即在各自其生命真处发出来,没有什么敷衍迁就。反之,孔子所最不高兴的是乡愿，如谓："乡愿，德之贼也。"又说："过我门而不入我室，我不憾焉者，其唯乡愿乎！"乡愿是什么？即是他没有他自己生命的真力量，而在社会上四面八方却都应付得很好，人家称他是好人。孟子指点得最明白："非之无举也，刺之无刺也，同乎流俗，合乎污世，居之似忠信，行之似廉洁，众皆悦之，自以为是，而不可与入尧舜之道。"那就是说外面难说不妥当，可惜内里缺乏真的。狂狷虽偏，偏虽不好，然而真的就好。——这是孔孟学派的真精神真态度，这与泰戈尔所想象的儒家相差多远啊！泰戈尔听我说过之后，很高兴地说："我长这样大没有听人说过儒家这道理；现在听梁先生的话，心里才明白。"世俗误会拘谨、守规矩为道德，正同泰戈尔的误会差不多。其实那样正难免落归乡愿一途，正恐是德之贼呢！

误以为道德是枯燥没趣味的，或者与误认拘谨守规矩为道德的相连。道德诚然不是放纵浪漫；像平常人所想象的快乐仿佛都在放纵浪漫中，那自然为这里（道德）所无。然如你了解道德是生命的和谐，而非拘谨守规矩之谓，则生命和谐中趣味最深最永。"德者得也"，正谓有得于己，正谓有以自得。自得之乐，无待于外面的什么条件，所以其味永，其味深。我曾说过人生靠趣味，无趣味则人活不下去。活且活不下去，况讲到道德乎？这于道德完全隔膜。明儒王心斋先生有《乐学歌》（可看《明儒学案》），歌曰："乐是乐此学，学是学此乐，不乐不是学，不学不是乐。"其所指之学，便是道德；当真，不乐就不是道德呀！

道德也不是格外的事。记得梁任公先生、胡适之先生等解释人生道德，喜欢说小我大我的话，以为人生价值要在大我上求，他们好像必须把"我"扩大，才可把道德收进来。这话最不对！含着很多毛病。其实"我"不需扩大，宇宙只是一个"我"，只有在我们精神往下陷落时，宇宙与我才分开。如果我们精神不断向上奋进，生命与宇宙通而为一，**实在分不开内外，分不开人家与我**。孟子说："今人乍见孺子将入于井，皆有怵惕恻隐之心。"这时实分不出我与他（孺子）。"我"是无边际的，哪有什么小我大我呢？虽然我们为人类社会着想，或为朋友为大众卖力气，然而均非格外的，**等于我身上痒，我要搔一搔而已**。

谈乐天知命

【编者导言】此短文录自作者一札记本。就文中的"年过八旬后"一语推算,应写成于一九七八年(时年八十五岁)前后。

古人有许多说话,早先我自以为能领会其意义,其实所领会的极其粗浅。年过八旬后,感受时事环境教训,乃有较深领会于心。此一不同,唯自己心里明白而已,难以语人。今略记之于下;人之领会于吾言者如何,又将视其在人生实践上为深为浅而不同焉。

例如五十年前旧著《东西文化及其哲学》,曾比照"智者不惑,勇者不惧",指出"仁者不忧"之大可注意,自谓能晓然其意义矣;其实甚浅甚浅。今所悟者乃始与《易·系辞》"乐天知命故不忧"一语若有合焉。乐天知命是根本;仁者不忧根本全在乐天知命。

何谓乐天知命？天命二字宜从孟子所云"莫之为而为者，天也；莫之致而至者，命也"来理解，即：一切是事实的自然演变，没有什么超自然的主宰在支配。自然演变有其规律，吾人有的渐渐知道了，有的还不明白。但一切有定数，非杂乱，非偶然。这好像定命论，实则为机械观与目的观之合一，与柏格森之创化论相近，不相违。吾人生命与宇宙大自然原是浑一通彻无隔碍的，只为有私意便隔碍了。无私意便无隔碍，任天而动，天理流行，那便是乐天知命了。其坦然不忧者在此。然而亦不是没有忧，如云"忧道不忧贫"，其忧也，不碍其乐。忧而不碍其乐者，天理廓然流行无滞故耳。孔子自己说，"其为人也，发愤忘食，乐以忘忧，不知老之将至"，意思可见。孔子又云，"五十而知天命"，殆自言其学养功夫到五十之年自家生命乃息息通于宇宙大生命也。

在平素缺乏学养的我如上所说，不过朦胧地远远望见推度之词。即从如上所见而存有如下信念：一切祸福、荣辱、得失之来完全接受，不疑讶，不骇异，不怨不尤。但所以信念如此者，必在日常生活上有其前提："战战兢兢，如临深渊，如履薄冰"是也。

临深履薄之教言，闻之久矣。特在信服伍庸伯先生所言反躬慎独之后，意旨更明。然我因一向慷慨担当之豪气（是个人英雄主义，未是无产阶级革命的英雄主义），不能实行。及今乃晓得纵然良知希见苗露，未足以言"戒慎乎其所不睹，恐惧乎其所不闻"，却是敛肃此心，保持如临深履薄的态度是日常生活所必要的。此一新体会也。

信得及一切有定数（但非百分之百），便什么也不贪，什么也不怕了。随感而应，行乎其所当行；过而不留，止乎其所休息。此亦是从临深履薄态度自然而来的结果。

漱注：

一切有定数，但又非百分之百者，盖在智慧高强的人其创造力强也。一般庸俗人大都陷入宿命论中矣。

谈 修 养

【编者导言】本文系《乡村工作人员修养法》讲演词（一九三六年）摘录一、四、五节。标题为编者所加。

什么是修养？

我们先要问，什么是修养？修养是一种功夫。什么功夫呢？是认识自己，使自己力量增强的功夫。或许可以说，修养是对于生命本身的认识。我们自己是活的人，是生命，要认识自己的生命，**认识人类的生命，而使生命之力量增强。我想这便是叫修养。**

大家要注意，这种功夫是对生命而下的功夫。如我们办教育也对生命下功夫（小学生是活泼的生命），但教育虽然是对生命的功夫，不过是对旁人用的功夫，**而修养是对自己下的功夫。**

修养方法

一、**要思想上有出路**——因为人类是理性的，对中国眼前的社会问题，民族的前途，人类的前途，都要有眼光去认识了解，才算思想上有路子！思想有路子之时，即是有自信的时候！一切有办法，他知道社会的出路、民族的出路何在。

二、**要发愿**——**要发深心大愿**，即要有大志愿，由大志愿而有大勇气。发愿为社会民族求出路。如果，你不能发愿，转来转去是一个人的问题，无大志愿，那结果不行！但我们并不是说不必注意自己生计问题。然而我们要知道，很重要的，如果你能为社会服务，社会决不能饿死你。有许多无用青年先求自己出路，结果愈无出路。要占便宜，天下何有许多便宜？苦叫谁吃？最老实的话是为大家服务才有出路，更好的，要忘掉自己问题，只有社会民族问题。

三、**要反省**——**常常要反省**。发愿是动，反省是静，要动静交养。反省是很重要的，我们一天所做之事，常要反省一下。我们一天已动念的事而未做，也要反省。批评自己，然后再发愿；有动作，再有反省，再发愿，又反省……总之,要动静交养。

四、**有规律的生活**——如要有规律的生命,要有日课表,日课表中生活要调匀不偏,工作太多也不好,休息不足也不好,读书多也不好。总之,身心各方面要调匀!

结 语

最末,有一句话很重要。是什么?是要"**有以自乐**"。工作愈重,做事愈多,如果在工作中不能自乐,那真苦死了!要想培养生命更大的力量,要愈工作愈乐!愈做愈有力!别人看他太苦,但在他很好,很乐。非做到"有以自乐"不可!

谈 戏 剧

【编者导言】这是在山东省立剧院建院一周年纪念会上的讲话，时间约在一九三五年。

我对于戏剧所知甚少，没有什么研究，不过我有我的戏剧观。记得俗语上有两句话，很足以说明戏剧："唱戏的是疯子，看戏的是傻子。"这两句话很好。我虽然不会唱戏，可是在我想，若是在唱戏的时候，没有疯子的味道，大概是不会唱得很好；看戏的不傻，也一定不会看得很好。戏剧最大的特征，**即在能使人情绪发扬鼓舞，忘怀一切，别人的讪笑他全不管。有意的忘还不成，连忘的意思都没有，那才真可即于化境了。能入化境，这是人的生命顶活泼的时候。化是什么？化就是生命与宇宙的合一，不分家，没彼此，这真是人生最理想的境界。**因此想到我所了解的中国圣人，他们的生命，大概常是可与天地宇宙合一，不分彼此，没有计较之念的。所谓**"仁者浑然与物同体"者是。这时心里是廓然大公的，生命是流畅活泼自然自得的**，能这个样子便是圣人。由唱戏说到圣人，似乎有些不伦不类，其实其中是有些相通的地方。

人之所以不同于其他动物者，也就是人类的最大长处，即在其头脑能冷静；头脑能冷静才能分别计算，这就是理智。但人类之最大危险亦正在此，即在其心理上易流于阴冷。在人情世故利害得失上易有许多计较，化一切生活为手段，不能当下得到满足。譬如我讲话，假使觉得这是我的职务，不得不如是应付，固然很不好；即使希望大家叫好，而拿讲话作手段，这也是在当下不能满足，而是一个危险。

心眼多、爱计算的人，就惯会化一切生活为手段，他的情绪常是被压抑而不能发扬出来，他的生命常是不活泼的，是阴冷、涩滞的。这个危险常随着人类进化而机会愈多，更容易发现。反过来，譬如野蛮人，他们的生命却常是发扬的，情绪常是冲动的。越文明越是不疯不傻，但也正是一个危险。所以据我推想，戏剧怕是越到将来越需要的，需要它来调剂人的生活，培养人的心情。

在这里我还可以加说一句话——就是礼乐。我所了解中国的礼乐，仿佛就是唱戏，将人都放在戏中去唱大戏，唱完了戏还完全不知道是在唱戏。我对戏剧是看重歌剧，不重话剧。话剧离我所说的意思远，因其理智分数多过于情感分数，情绪发扬之意少，与生活太接近、太现实。我觉得**艺术就是离现实远的意思，太现实便无所谓艺术了**。戏剧在西洋多话剧，在中国旧日以歌剧为多，其中恐怕也是这个关系——西洋理智发达，中国情感发达。

在我从没有看见过一个满意的戏剧。我对文学艺术之类老用不上心去；可是在我心中常存一个意思，就是觉得这里宝藏着很多有意义的东西，值得欣赏。记得在北京开始提倡戏剧最下力的，是办北京《晨报》的蒲伯英先生，他曾创办一个人艺戏剧专校（后来的山东省立剧院院长王泊生即为他当时的学生）。我常惦记着想去看他们做的究竟如何，希望着他们或会做得好。后来在这学校将停办的前几天，公演一次，我曾去看，剧名《阔人的孝道》，我看后仍是觉得不能满足。还有俄国的旅行剧团到北平，《晨报》很替他们鼓吹，我还找了一个空闲，同张竞生先生去看过一次。剧是歌剧，剧情是描述一件古代皇宫中的故事。看过几幕，我觉得非走不可，因其粗野讨厌得简直不堪入目。我很愿意有暇能到各处看一下，到底有否我心中理想的戏剧。

谈禅宗

【编者导言】这是作者札记中的一则,录自小杂记本(十)第44页,写作时间极可能是二十世纪六七十年代。标题为编者所加。

自达摩西来,至六祖传心,初无"参公案""看话头"之说。至黄檗始教人看话头,至大慧始教人参一则古人公案,其用意皆在把断意识,如斩乱丝,堵截习心妄想,而后生命上庶得一新境界。其法大致将一则无意义的话与你咬定,其起始谓之起疑情,昼里夜里,茶里饭里,行时住时,坐时卧时,静时闹时,只管向内里凝注,不移不摇,如撞墙壁相似,久久撕挨,不知何时磕着碰着,蓦然心华发明,谓之破参。如此过程即所谓参禅。禅宗传心,原无定法,但达摩垂示"外息诸缘,内心无喘,心如墙壁"者至此时却演变出一条轨辙来,若可依循而行。

如上所云只不过如电光石火一般，谓之破初参，嗣后尚大有功夫待做。

漱注：
黄檗禅师为唐武宗时人，约当公元九世纪。大慧禅师为南宋高宗时人，约当十二世纪。

谈　静

【编者导言】这是作者的心得笔记一则。笔记本上写明："旧记选"（一九五七年八月）。据此可知此心得写成于一九五七年八月之前。标题为编者所加。

儒家、佛家、道家皆要静，皆以静入手。然则何谓静？

如前所云：犹豫之延长为冷静。冷静是在行动之前的，与行动相对待的，不是随顺着一切生物向前有所贪欲，有所探求的那种趋势，而宁逆反着的。此只在人乃有可能。因为只有人从犹豫延长的那种发展中才突变——质变出不为着行动的冷静来。那亦即是突破了本能，达成了理智。

古语云：休心为上，却念为下。佛经云：歇即菩提。大凡生心动念都在有所贪取有所探求。曰休曰歇，其旨皆在静，很明白的。休心所以胜于却念者，以却念又是一念，以念止念其势盖难。尤其要紧的是：与动静相对之静，非真静。真静——绝对之静，非动非静、即动即静者乃是耳。

儒家何以要静？为心静乃明故。明者，明于是非取舍也。是非取舍即行动所由以决定也。《乐记》有云：人生而静，天之性也，感于物而动，性之欲也。……以至其"天理""人欲"之说，可以代表儒家对于人心人生的认识。公道、正直皆所谓天理，一有所私皆人欲。熊先生书中有"健为静君，仁为寂主"的话，甚好。儒家所贵正是这个寂而仁、静而健的人心。儒者在世间法上所以表见其伟大作用者亦即在此。

然儒家之静亦止于此（他是不绝欲的）。《中庸》所谓"天命之谓性，率性之谓道"，在佛家断不说"天命之谓性"的话。在道家断不说"率性之谓道"的话。儒家只是要成其为人（践形尽性）而已。"天地之性，人为贵"，其所贵者只这人类的人，未尝贵乎超于人之佛或仙也。

道家何以要静？像一般这样的人（俗人）非道家之所贵。他所贵的是其所谓至人、真人、神人等。他要求比一般人类有更高的主动性（主动能力），更少受身外的拘碍束缚。在饮食男女两大问题上，他第一要断欲——男女之欲，在饮食上亦要有很大的伸缩自由。他所要的静似乎更深。他之逆反乎向前有所贪取有所探求的生物趋势更甚（对比儒家说）。

但其实不然。这应从两面看：说更深更甚，是其一面；另一面，儒家之静得之于毋必毋意毋固毋我，是不与动对待的静，又高超圆融过道家。

《参同契》陈致虚注云：顺行而生，生人生物；逆用而成，成佛成仙。又云致虚极，守静笃，精自然化炁，炁自然化神，神自然还虚。（精即男子精液。炁即气。）

佛家何以要静？佛家之静较前两家为彻底。儒家道家皆不过破除分别我执而已，俱生我执未破也。生物之动势（向前有所贪取或探求）本于俱生我执而来。只有佛家才当真破除了这俱生我执，亦即破了这动势的根本。此其所为彻底也。

何谓理性

【编者导言】作者之《理性与宗教之相违》一文,一九四二年十二月十日首次发表于《文化杂志》(桂林)。《何谓理性》即此文之第一节。关于何谓理性,更为周详的解说,可参阅《中国文化要义》一书之第七章。

何谓理性?我们在本书中将逐步来说明它。第一步之说明:理性始于思想或说话。心理学家说:"思想是不出声的说话,说话是出声的思想。"这大体是对的,所以二者不需多分别。理性可从人的思想上或说话上启发出来;而人之所以能思想或说话者,亦正源于他的理性。

你愿认出理性何在吗?你可以观察他人或反省自家,当其心气平和空洞无事,旁人说话最能听得入(听觉清楚更且领会其含义),彼此说什么话(商讨一问题)顶容易说得通的时候，那便是一个人有理性之时。所谓理性者，要亦不外吾人平静通达的心理而已。这似乎很浅近，很寻常；然而这实在是宇宙间顶可宝贵的东西！

显然与理性相违反者有二。一是愚蔽（迷信或独断，Dogmatic）——其中有偏执的感情；又是一强暴（粗暴动武）——其中有冲动的感情。实际上不论其程度的强弱，一切偏执或冲动的感情，皆足以妨碍理性。儒书上说，"心有所忿愾，则不得其正；有所恐惧，则不得其正；有所好乐，则不得其正；有所忧患，则不得其正"。"正"指理性而言，"不得其正"谓失其理性。

孔子的道理与中国的人生

【编者导言】本文摘自作者一九三〇年所作之《中国民族自救运动之最后觉悟》。

中国的人生无他,只是自得——从自己努力上自得而已;此即其东别于印度,而西异于西洋者。此"自得"二字可以上贯周孔精神,而下逮数千年中国社会无知无识匹夫匹妇之态度,虽有真伪高下浅深久暂千百其层次而无所不可包,此实为一种"艺术的人生",而我所谓人生第二态度,其所以几于措宗教于不用者,盖为此。

前引冯友兰先生论文,谓中国儒家将古代宗教修正为诗,盖正是以礼乐代宗教耳。在初时,非周公礼乐不能替换宗教;然二三千年来为此一大民族社会文化中心之寄者,则孔子道理也。我们前说,"以偌大民族,以偌大地域,各方风土人情之异,语言之多隔,交通之不便,所以维持树立其文化的统一者,其必有为彼一民族社会所共信共喻涵育生息之一精神中心在;唯以此中心,而后文化推广得出,民族生命扩延得久,异族迭入而先后同化不为碍",正谓"极高明而道中庸"的孔子之遗教。此中心在那样古代社会照例必然是一个大宗教——中国原来是需要宗教的,但为有了孔子就不需要它。这好比太阳底下不用灯;有灯亦不亮一样。孔子的教训总是指点人回头看自己,在自家本身上用力;唤起人的自省(理性)与自求(意志)。这与宗教之教人舍其自信而信他、弃自力而靠他力恰好相反;亦明明是人类心理发育开展上一高一下两个阶段。却是人们一经这样教训,要再返于那下阶段就难了。所以礼崩乐亡,而中国人总不翻回去请出一个宗教来——不再用灯。散碎的宗教迷信不绝于社会间而总起不来——灯总不亮。中国人自经孔子的教训,就在社会上蔚呈一大异彩,以道德易宗教,或更深切确凿地说,以是非观念易罪福观念。

这好比太阳底下不用灯
——儒家独具之精神

【编者导言】此文为《理性与宗教之相违》之第五节。可参阅《何谓理性》的"编者导言"。

儒家独具之精神就在他相信人有理性，而完全信赖人类自己。所谓"是非之心，人皆有之"；什么事该做，什么事不该做，从理性上原自明白。万一不明白，试想一想看，终可明白。因此孔子没有独断的标准给人，而要人自己反省。例如宰我嫌三年丧太久，似乎一周年亦可以了。孔子绝不直斥其非，和婉地问他："食夫稻，衣夫锦，于汝安乎？"他答曰"安"。便说"汝安则为之。夫君子之居丧，食旨不甘，闻乐不乐，居处不安，故不为也。今汝安，则为之"！说明理由，仍让他自己判断。又如子贡欲去告朔之饩羊，孔子亦只婉叹地说："赐也！尔爱其羊，我爱其礼！"指出彼此观点，不作断案。儒家极重礼，却可如此随意拿来讨论改作。各大宗教亦莫不各有其礼，而往往因末节一点出入引起凶争惨祸；其固执不通，可骇亦复可笑。此无他，宗教上固是奉行神的教诫，不出于人的制作，其标准为外在的、呆定的、绝对的；而儒家之礼则是人行其自己应行之事，斟酌于人情之所宜，标准不在外而在内，不是呆定的而是活动的。

孔子未尝排斥或批评宗教（这是在当时不免为愚笨之举的），但他实在是宗教最有力的对头敌人，因他专从启发人类理性上作功夫。中国经书在世界一切古代经典中，具有谁莫与比的开明气息，最少不近理的神话。或者为原来就不多，或因为孔子的删订。这样就使得中国人头脑少许多障蔽。到了《论语》，则当时之务为理性的启发，完全可见。他总是指点人回头看自己，指点人去理会事情而在自家身上用力，唤起人的自省与自求。恰恰与宗教之教人舍其自信而信他，弃其自力而靠他力者相反。此在人类心理的发育开展上，明明有高下之分。既进于开明之后，要再退下来甚难。宗教在中国于是再无可能。这好比太阳底下不用灯——其后中国虽礼崩乐亡而总不翻回去请出一个宗教来。有灯亦不亮——散碎的宗教迷信不绝于社会间，而总起不来。

思索与领悟

【编者导言】本篇以"思索与领悟"为总题,其下有选辑之一和选辑之二,选辑之一是关于"自觉"问题的领悟所得,均选自《梁漱溟全集》(卷八);选辑之二是关于"道德"问题的领悟所得,均摘自梁漱溟《人心与人生》一书。

世界只有两个先觉;佛是走逆着去解脱本能的路的先觉;孔子是走顺着调理本能的路的先觉。(按:此语为四十年前所说,今日看来待酌。)

一九八二年加批:有两个先觉的话见于旧著《东西文化及其哲学》,其所云佛是走逆着去解脱本能的路者尚无误,所云孔子是走顺着调理本能的路一语则未善,应当说:一般动物依从本能生活,心为形役,而人类却有形为心役的可能性,亦即是说,人心是超乎其身的，主宰乎其身的；杀身成仁，舍生取义，全在于此。此是可能的，而非必然，所以可贵。

思索与领悟（选辑之一）

自　觉

"自主"有待"自觉"，失去自觉即不自主。

收拢精神而集中于当下意念之萌动，是谓慎。由慎而入于内无己外无人之境，是谓独。阳明先生咏良知诗云："无声无嗅独知时"者是也。《大学》《中庸》两篇明示此一功夫。此功夫只有在慎独，其他无可用力。——其他的用力均错误。（伊川、晦庵均有此误。）

不偷不肆是谓敬（偷谓苟偷，肆谓放肆）。

理解得修身为本，犹如画龙，既具有其活泼之势，加之以慎独功夫则点睛矣。人必从慎独功夫好学力行中才生出其活泼的真力量来。人孰不视听言动？然却有真伪之分。一般人的视听言动大多不免伪妄,等于未曾视听言动。圣人无他长,只视听言动之一一为真耳。盖人有明德,是能自觉(知)自动(行)的,惜乎一般人顾自蹈牵缠束缚之中,活泼自如的真力量发不出来,一言一动非伪即妄。要得不伪妄,必慎其独。

自觉时而暗弱、时而明强者常人也。孔门学问正在此心之常明。何以能常明不失?则更能觉识得此自觉,非止如常人徒有其与生命俱来的自觉而已。所谓"默而识之"识此也。识得是根本,不失是功夫。孔子称颜回"不贰过","有不善,未尝不知,知之未尝复行"。孔子自云"盖有不知之者,我无是也"。此知即自觉之觉知。"知之为知之,不知为不知,是知也",此第五个"知"字正指内蕴之自觉而言。人心内蕴自觉要明朗,要昭昭然当空四照。

孔子之学全在乎身体力行。孔子之学是实践乎人生大道之学。后之人以教古人虽不得不资借书册文字,却不容泥滞文字,玩弄语句,竟忘其必须还原到具体事物和现实问题上。申言之,即必须反躬从自家生命上来体认古人说的话果何所指。于此,躬行实践其又为体认之本乎？不能切己反求，不能身体力行，辄以浅表妄臆强为生解，安于不知以为知，如荀子所谓其学在口耳数寸之间者则甚无谓。

古之学者为己，今之学者为人。此语在今人殆难得其解。今人念念驰向外去，方且以区区数尺者为己，盖久不知有己矣。吾人浑然与物同体，痛痒之情何所不到，己只是当下痛痒亲切处，非谓此身。切己近里（切问而近思）有以自得，是为学之道也。痛痒不明乃以利他为言，驰骛于外乃以知识相标榜，总是孟子所谓放其心而不知求者，可哀莫大焉。

思索与领悟（选辑之二）

道　德

从一切生物所有生活看去，要不外个体生存、种族繁衍两大问题而已。毕生所事，唯在图存而传种于后。

人类生活同样萦回于两大问题是其一面，人类生活卒非两大问题所得而限之者是其又一面。人类生命卒乃根本发生变化，从而突破了两大问题之局限。

人之能自主其行事，来从自觉之明，所以成其自觉自律的道德在此。非此不为真道德。

道德则要人率真行事，只要你一切老实率真，品德自然渐渐提高也。

唯人类得从动物式本能解放出来，为宇宙间唯一能代表生命本性者，斯有率性不率性问题，斯有道德不道德问题焉。

独立思考，表里如一，即求言行独立自主，不惮违俗。缺乏自主独立，此庸俗道德。乡愿，德之贼也。非讲求真道德之所取者。

具有无私的感情是人类之所以伟大之由。

本能活动无不伴有与其相应之感情冲动以俱来。一切伴随本能而与之相应的感情亦皆有所为而发，……则其情谓之私情可也。人类固不能免于此,却不尽然。若求真之心,其求真就是求真,非别有所为者……却与利害得失无涉,我固谓之无私的感情。两种感情有着本质的不同。原初伴随本能恒必因依乎利害得失的感情,一乃廓然转化而现为无私的感情。

内心生活最重要之事例乃在人生之自勉、向上、知耻、力行,不安于退堕。此即人之所不同乎动物独有道德责任之可言者。

道德都是内有觉而外无所为。

道德都不是现成的(不经争取的、自流自发的),但亦不是不自然的,格外造作的。

往者在鄧平四十初度自為聯語
云吾生有涯願無盡志心期填海
力移山今者五十矣此感彌切
卅年在桂林為
安治兄索書印此詩正
梁漱溟

一个瘠弱而又呆笨的孩子

【编者导言】本篇选自《我的自学小史》(第三节),写成于一九四二年。《我的自学小史》中,梁漱溟将自己"自幼修学,以至在某些学问上'无师自通'的经过,叙述出来给年青朋友",从家庭出身写起,讲述了"一个瘠弱而又呆笨的孩子"受家庭、社会,以及各种思想的影响,通过自学,渐渐领悟学识真谛,步入学识殿堂的历程。

我自幼瘠瘦多病,气力微弱;未到天寒,手足已然不温。亲长皆觉得,此儿怕不会长命的。五六岁时,每患头晕目眩,一时天旋地转,坐立不稳,必须安卧始得;七八岁后,虽亦跳掷玩耍,总不如人家活泼勇健。在小学里读书,一次盘杠子跌下地来,用药方才复苏,以后更不敢轻试。在中学时,常常看着同学打球踢球,而不能参加。人家打罢踢罢了，我方敢一个人来试一试。又因为爱用思想，神情颜色皆不像一个少年。同学给我一个外号"小老哥"——广东人呼小孩原如此的；但北京人说来，则是嘲笑话了。

却不料后来，年纪长大，我倒很少生病。三十以后，愈见坚实；寒暖饥饱，不以为意。素食至今满三十年，亦没有什么营养不足问题。每闻朋友同侪或患遗精，或患痔血，或胃病，或脚气病；在我一切都没有。若以体质精力来相较，反而为朋辈所不及。久别之友，十几年以至二十几年不相见者，每都说我现在还同以前一个样子，不见改变，因而人多称赞我有修养。其实，我亦不知道我有什么修养。不过平生嗜欲最淡，一切无所好。同时，在生活习惯上，比较旁人多自知注意一点罢了。

小时候，我不但瘠弱，并且很呆笨的。约莫六岁了，自己还不会穿裤子。因裤上有带条，要从背后系引到前面来，打一结扣，而我不会。一次早起，母亲隔屋喊我，为何还不起床。我大声气愤地说：妹妹不给我穿裤子呀！招引得家里人都笑了。原来天天要妹妹替我打这结扣才行。

十岁前后，在小学里的课业成绩，比一些同学都较差。虽不是极劣，总是中等以下。到十四岁入中学，我的智力乃见发达，课业成绩间有在前三名者。大体说来，我只是平常资质，没有过人之才。在学校时，不算特别勤学；出学校后，亦未用过苦功。只平素心理上，自己总有对自己的一种要求，不肯让一天光阴随便马虎过去。

我的中学生活

【编者导言】本篇选自《我的自学小史》(第七节),写成于一九四二年。

我于十四岁那一年(一九〇六年)的夏天,考入"顺天中学堂"(地址在地安门外兵将局)。此虽不是北京最先成立的一间中学,却是与那最先成立的"五城中学堂"为兄弟者。"五城"指北京的城市;"顺天"指顺天府(京兆)。福建人陈璧,先为五城御史,创五城中学;后为顺天府尹,又设顺天中学。两个学堂的洋文总教习,同由王劭廉先生(天津人,与伍光建同留学英国海军)担任。汉文教习以福建人居多,例如五城以林纾(琴南)为主,我们则以一位跛腿陈先生(忘其名)为主。

当时学校初设,学科程度无一定标准。许多小学比今日中学程度还高,而那时的中学与大学似乎亦颇难分别。我的同班同学中竟有年纪长近一倍者——我十四岁，他二十七岁。有好多同学虽与我们年纪小的同班受课，其实可以为我们的老师而有余。他们诗赋、古文词、四六骈体文都作得很好，进而讲求到"选学"（《昭明文选》）。不过因为求出路（贡生、举人、进士）非经过学堂不可，有的机会凑巧得入大学，有的不巧就入中学了。

今日学术界知名之士，如张申府（崧年）、汤用彤（锡予）诸位，皆是我的老同学。论年级，他们尚稍后于我；论年龄，则我们三人皆相同。我在我那班级上是年龄最小的。

当时学堂里读书，大半集中于英算两门。学生的精力和时间，都用在这上边。年长诸同学，很感觉费力；但我于此，亦曾实行过自学。在我那班上有四个人，彼此很要好。一廖福申（慰慈，福建），二王毓芬（梅庄，北京），三姚万里（伯鹏，广东），四就是我。我们四个都是年纪最小的——廖与王稍长一两岁。在廖大哥领导之下，我们曾结合起来自学。

这一结合，多出于廖大哥的好意。他看见年小同学爱玩耍不知用功，特来勉励我们。以那少年时代的天真，结合之初，颇具热情。我记得经过一阵很起劲的谈话以后,四个人同出去,到酒楼上吃螃蟹,大喝其酒。廖大哥提议彼此不用"大哥""二哥""三哥"那些俗气称谓相称,而主张以每个人的短处标出一字来,作为相呼之名,以资警惕。大家都赞成此议,就请他为我们一个个命名。他给王的名字,是"懦";给姚的名字,是"暴";而我的就是"傲"了。真的,这三个字都甚恰当。我是傲,不必说了。那王确亦懦弱有些妇人气;而姚则以赛跑跳高和足球擅长,原是一粗暴的体育大家。最后,他自名为"惰"。这却太谦了。他正是最勤学的一个呢!此大约因其所要求于自己的,总感觉不够之故;而从他自谦其惰,正可见出其勤来了。

那时每一班有一专任洋文教习,所有这一班的英文、数学、外国地理都由他以英文原本教授。这些位洋文教习,全是天津水师学堂出身,为王劭廉先生的门徒。我那一班是位吕先生(富永)。他们秉承王先生的规矩,教课认真,做事有军人风格。当然课程进行得并不慢,但我们自学的进度,总还是超过他所教的。如英文读本 *Carpenter's Reader*(亚洲之一本),先生教到全书的一半时,廖已读完全书,我亦能读到三分之二;纳氏英文文法,先生教第二册未完,我与廖研究第三册了;代数、几何、三角各书，经先生开一个头，廖即能自学下去，无待于先生教了。我赶不上他那样快，但经他携带，总亦走在先生教的前边。廖对于习题一个个都做，其所做算草非常清楚整齐悦目；我便不行了，本子上很多涂改，行款不齐，字迹潦草，比他显得忙乱，而进度反在他之后。廖自是一天才，非平常人之所及。[1]然从当年那些经验上，使我相信没有不能自学的功课。

同时廖还注意国文方面之自学。他在一个学期内，将一部《御批通鉴辑览》圈点完毕。因其为洋版书（当时对于木版书外之铜印、铅印、石印各书均作此称），字小，而他每天都是在晚饭前划出一点时间来做的，天光不足，所以到圈点完工，眼睛变得近视了。这是他不晓得照顾身体，很可惜的。这里我与他不同。我是不注意国文方面的：国文讲义我照例不看；国文先生所讲，我照例不听。我另有我所用的功夫，如后面所述，而很少看中国旧书。但我国文作文成绩还不错，偶然亦被取为第一名。我总喜欢作翻案文章，不肯落俗套。有时

---

[1] 廖君后来经清华送出游美学铁路工程，曾任国内各大铁路工程师。——漱注

能出奇制胜，有时亦多半失败。记得一位七十岁的王老师十分恼恨我。他在我作文卷后，严重地批着"好恶拂人之性，灾必逮夫身"的批语。而后来一位范先生偏赏识我。他给我的批语，却是"语不惊人死不休"。

十九岁那一年（一九一一年）冬天，我们毕业。前后共经五年半之久。本来没有五年半的中学制度，这是因为中间经过一度学制变更，使我们吃亏。

思 亲 记

【编者导言】此文作于一九二五年春,梁漱溟借住在清华园时。此时距其父梁济老先生(字巨川)自沉于北京积水潭已有七年。

十四年(一九二五年)春,漱溟既自曹州还京师,客清华园,始谢绝外务,出先公遗稿校理而纂次之。事既,又成年谱一卷,并付印,敬以布之当世;其去公之捐生遂志,盖已七年矣。呜呼!漱溟之不肖负罪,顾胜言哉!顾胜言哉!每于理稿次,辄手遗稿俯思而痛,作思亲记。呜呼!漱溟之负罪吾亲也,独在今日哉?吾亲肫爱人也。孝于其亲,慈于其子,胞与乎天下,靡在不致其肫肫款款;则儿子之仰被顾复,其奚待于申说区数?吾亲又周匝谨细人也。每事无在不运以神思,躬其琐屑。吾兄弟姐妹四人,盖一一长于公之手。溟生而瘠弱，又多罹灾病，公之育之也，独难矣！六岁踬于石阶，洞其额骨，绝焉，既苏，养息之。公为多列玩具枕前，引与嬉笑。此景思之常在目。十岁生疖疡，在额，在臂，在股，在足，隆起如枣大者七数。不得坐，不得立，并不得卧，日夜啼。公煮白米粥哺之半年。此景思之常在目。呜呼！公之育之也，为独难矣！公之于少子，又所深爱焉。溟年十四五以迄十八九间，留心时事，向志事功，读新会梁氏所为《新民说》《德育鉴》，辄为日记，以自勉励。读广智书局印行《三名臣书牍》《三星使书牍》，独慕胡文忠、郭筠仙，每称道其语。公喜曰："是何其肖我少年时所为也！"为书以嘉之，锡字曰"肖吾"（是己酉春间事。时漱溟年十七、肄业顺天中学，寄宿校中），爱之至矣。然语四子之侍亲，则至悖无状者漱溟也。噫！痛已！方公幼失怙，受吾祖母刘太恭人教，礼法綦严。恒终日侍立，不敢发一语。有不庄，诃谪扑责无少贷。由是持躬立品，植其基础，然天机才慧亦以是不无窒损。其后公有省于此，念之而自惜。既壮有子，则一意宽放之，亦入于新教育家言，不加扑责。溟兹追忆从前，盖竟不得遭扑挞者一事也。然因是儿辈无复知有悚惕敬礼。迨晚年，尝一日饭罢燕谈，儿辈或转在上座，而公在下。公乃太息曰："我昔不以礼相督，不图尔曹遂亡知如此！"呜呼！儿子平日之无状可知已！公尤好与儿辈共语，恣之言，一无禁。吾兄既早就外傅，及长又出国游。两妹则女儿稚弱，健言者，唯漱溟。公固关怀国家，溟亦好论时事，于是所语者什九在大局政治，新旧风教之间。始在光宣间，父子并嗜读新会梁氏书。溟日手《新民丛报》若《国风报》一本，肆为议论，顾皆能得公旨。洎入民国，渐以生乖。公厌薄党人，而溟故袒之。公痛嫉议员并疑其制度，而溟力护国会，语必致迕。诸类于是，不可枚举。时局多事，倏忽日变，则亦日夕相争，每致公不欢而罢。然意不解，则旋复理前语。理前语，则又相持。当午或为之废食，入夜或致晏寝。既寝矣，或又就榻前语不休。其间词气暴慢，至于喧声达户外者有之。悖逆无人子礼。呜呼！痛已！儿子之罪不可赎已！而溟自元年以来，谬慕释氏，语及人生大道，必归宗天竺，策数世间治理，则矜尚远西，于祖国风教大原，先民德礼之化，顾不知留意，尤大伤公之心。读公晚年笔墨，暨辞世遗言，恒觉有抑郁孤怀，一世不得同心，无可诉语者。以漱溟日夕趋侍于公，向尝得公欢，而卒昧谬不率教，不能得公之心也。呜呼！痛已！儿子之罪，罪弥天地已！逮后始复有瘖于故土文化之微，而有志焉；又狂妄轻率言之，无有一当。则公之见背既三年矣，顾可赎哉？顾可赎哉？溟又以慕释氏故，辄从其戒条，茹素不婚，以出世自励。于时吾兄既成室十年而无子；公垂老，又怀决然遗世之隐志，终不得见嗣续之延。虽曾无一语示督责，而于邑含忍在衷者从可想。儿子之罪，不益以重耶！后三年纳妇，庙见，率新妇拜公遗像而哭。呜呼！是乌可赎哉！始在宣统间，溟年十七八，辄不愿有室。时先妣久病，自知不起，挽儿手而泣，开喻叮咛，情词甚切。儿重违母意。请如教，而有难色。公旁坐独无语。明日以书示之曰："汝母昨日之教，以衰语私情，堕吾儿远志；失于柔纤委靡，大非吾意。汝既不愿有室，且从后议。不娶殆非宜，迟早所不必拘耳。"盖公于子女一身前途，但有自度于其衷者，则发虑陈情无弗纳。其或未可，则公固自有意向，隐然诏示，力持不移，俾之旋省平思，潜移默转，而不欲强其相从，大都类是。释氏之教，公所不喜也。溟年二十，日诵其言，公未尝一言止之。其时溟才卒业中学耳，学业半途无成，竟不更为升学计，公未尝一言督之。然而公之所以为教者至已!其卒不率教者,则儿子乖谬,不能承公志耳!吾国礼教之极弊,既于子女诎抑过当,致拳曲无以自立其人格。家庭间或外观仪雅,而内各茹痛于隐,隔阂不仁。比及挽岁,又被欧风,篡乱旧俗,亲子之分际至难已。公之为教,独使情余于礼,意得自通,而教之有道,其间分际斟酌,盖有足为一世法者。世其无以漱溟之负教不才,而没公之楷则焉,则儿子之罪或少纾耶?戊午十月,公既不惜以一死寤世人,遗言诸稿皆心血所在,纂辑之责溟既引之于己。顾迟之七年而后辑印行世,是岂可以人事羁牵相诿谢耶?盖不能以公之心为心,于公之精诚未云有喻。喻矣,于公精诚之所诣未能澈达无间,则犹未喻也。故虽时时在念,终赴之不急。而谬博时名,外缘日以缠绕;所与接者既在彼而不在此,故虽念之辄怀疚,而旋念旋忘。七年之间,卒卒役役,诚不知其所为者何事,竟置此一大事于不顾!呜呼!公在天其不瞑目矣!儿子之不肖负罪极矣!即欲自诛自责,诚不识当作何语。每于理稿次,辄俯思而痛;虽百死其安赎也!虽然,往事不可追,敢不知勉于今。窃自循省,起年十四五知有思想以来,尝数变其宗旨,顾二十年间,实未尝敢一妄自菲薄,然一向以浅衷矜气行之。盖无往而不负罪抱疚矣。去岁之冬,赖朋友之力,寤其昔非,始一一有悔心焉。公在天之灵其相之矣!既谢外务读公书,日夕回环,所得有在二十年趋庭侍膝之外者。或者自今其始为奉吾亲之教耶?呜呼!天下溺矣!公之志苦矣!饥溺恻怛,精诚之所诣,终启儿子矣!儿子虽劣,自今以往,其敢忘吾亲之志?不孝漱溟记于勉仁斋。

先父所给予我的帮助

【编者导言】本篇是梁漱溟任山东省乡建院研究部主任时，在每日例行的朝会上所作的讲话之一篇，后被收入《朝话》一书，写成时间在一九三三年至一九三六年之间。

我从小学起一直到现在，回想一下，似乎不论在什么地方，都是主动的；无论思想学问做事行为，都像不是承受于人的，都是自己在那里瞎撞。几乎想不出一个积极的最大的能给我帮助的人来。我想到对我帮助最大的最有好处的，恐怕还是先父。

先父给我的帮助是消极的，不是积极的。我在《思亲记》上曾说到这意思。我很奇怪，在几十年前那样礼教空气中，为父亲的对儿子能毫不干涉。除了先父之外，我没有看见旁人的父亲对他的儿子能这样的信任或放任。恐怕我对于我自己的儿子，也将做不到。先父对我的不干涉，最显著的有三点。

（一）我在中学将要毕业的时候，一面考毕业试验，一面革起命来。本来在未毕业时，已与革命党人相通，毕业后便跟着跑革命。到第二年民国成立，照普通说，这时应当去升学，不应当去干没有名堂的把戏——我们那时的革命，虽也弄什么手枪炸弹，但等于小孩子的玩意儿，很不应如此。而我不想去升学，先父完全不督促，不勉强我。先父的**人生思想是向上的，有他的要求主张，可是他能容纳我的意思而不干涉**。何以能如此？我现在还完全想不到。

（二）后来我由政治革命，由社会主义转到佛家，自己整天东买一本佛书，西买一本佛书，暗中自去摸索——这也是主动的瞎撞，一直瞎撞若干年——先父也不干涉。先父有他的思想，他自以为是儒家的，可是照我的分析，先父的思想与墨家相近，可说表面是儒家而里面是墨家的精神，对于佛学很不喜欢。我既转向佛家，我就要出家，茹素，不娶妻，先父只将他的意思使我知道，而完全不干涉我。这就成就我太大。那时我虽明白先父不愿的意思，但我始终固执，世界上恐怕找不出像我这样固执的人来。

（三）就是不娶妻。这事在他人非干涉不可。我是两弟兄，我哥结婚十年，没有儿子。照普通说，老人都很盼望有孙，尤其先父自民国元年至民国七年间，始终抱殉道之念——不愿苟活之意，自己存心要死，又当晚年没看见孙，有后无后将不知道；在普通人情，一定要责备我。可是先父半句责备的话都没说。就是我母亲在临终之前，告诉我不要固执己见，应该要娶亲；而先父背后告诉我说：虽然母亲意思如此，可不一定依照，还是以自己意思为主。民国七年先父在要殉节的时候，仍无半句话责成我要结婚，他是完全不干涉。这个信任或放任——这放任非不管，另有他的意思，即于放任中有信任——给我的好处帮助太大，完全从这消极的大的帮助，让我有后来的一切。大概在先父看到这一点：这孩子虽然是执拗错误，但自己颇有自爱要强的意思，现在虽错，将来可"对"，这"对"可容他去找，现在不要干涉。先父的意思，恐怕就是这样。

纪念先妻黄靖贤

【编者导言】此文写成于一九七七年。此文中说夫人一九三五年病故后曾有悼亡之文,今查明此悼亡文题为《悼亡室黄靖贤夫人》,写成于一九三五年八月二十四日,并于同年九月二十一日至二十四日在《中央日报》(上海版)发表,后又收入《梁漱溟全集》(卷五)。

先妻黄氏靖贤一九三五年八月二十日病故于邹平,我曾有悼亡之文,今不存。但记得我于靖贤之为人尝以刚爽二字表出之,盖纪实也。据闻其年少之时,身体健壮,气概一如男儿,绝无女儿羞怯态,有"小山东"之称(距今七十年前,北京市民都饮用井水,率由山东壮汉担送来家。——作者注)。又尝闻靖贤自言,平素夜晚就睡,或侧身向左而卧，或侧身向右而卧，其姿势直至次晨睡起一无改动，从未有辗转反侧之事。是殆其胸襟坦荡，无系着，无扰动之证乎。又言对于男女婚姻问题虽自己年齿加长，从未萦心在念，唯临到二十八岁那一年忽尔映现脑际，而即于是年与我结婚云。

我们结婚之年，靖贤廿八岁，我廿九岁，伍庸伯先生实为媒介。一九二一年夏，我应山东教育厅之邀，为暑期讲演于济南，讲题即为"东西文化及其哲学"。讲毕回京写完讲稿准备付印，正在闭户孜孜而伍先生忽往顾我家，愿以其妻妹介绍于我，征询我的要求条件如何。我答：我殆无条件之可言，一则不从相貌如何上计较；二则不从年龄大小上计较；三则不从学历如何上计较，虽不识字者亦且无妨；四则更不需要核对年庚八字（旧俗议婚两方互换庚帖，庚帖上载有生辰八字。——作者注）。当然，亦非尽人可妻。我心目中悬想得一宽厚和平之人；但其人或宽厚和平矣，而无超俗之意趣，抑何足取？必意趣超俗者乃与我合得来。意趣超俗矣，而魄力不足以副之，势将与流俗扞格而自苦；故尔要有魄力才行。我设想以求者如是如是。伍先生笑曰，你原说无条件，你这样的条件又太高了。然而我要为你介绍之人却约略有些相近。其实我一心在完成手中著作，未暇谈婚事；且询知伍先生娶于旗籍人家，虽属汉军旗而袭染满洲人习俗，我夙所不喜，当下辞谢其介绍之好意。

其后既卒于订婚而成婚，成婚之夜我为靖贤谈及上面说的宽厚、超俗、魄力三点。她不晓得魄力一词，问此二字怎样写，正为其读书不多，超俗云，魄力云，非所习闻也。

于此，宜一谈伍先生的婚姻。满汉通婚，清初有禁。入民国后，满人或冠汉姓，满汉分别渐渐泯忘。然一个广东人的伍先生而缔姻北京旗籍人家，亦有其缘由。先是靖贤及其胞姊敬如女士——即后来的伍夫人——同学于某一蚕桑学校，而伍先生陆军大学同学友张国元之妻适亦就学其间。张妻来自粤省西南隅（似是合浦县）之偏僻农村，其人既拙笨复憨态可掬，同学欺侮戏弄之以取笑。靖贤姊妹见其受窘，恒卫护之，以是相亲昵。课余既有往来，经国元之父张翁为媒，而伍先生与敬如的婚姻得成就焉。

靖贤少于其姊两岁，而婚姻成就差迟七年。论面貌、体态、神情，姊氏转而显得年少，其各自禀赋不同而随之以时运不同乎。靖以一九二一年归于我，一九三五年去世,相处十四年间,深知其生性淡泊寡求。七情六欲固人所同具,而靖之表现恒于质直中见消极。例如亲友见面或分手之时,都有许多虚情客套语,而靖独以木讷出之,巧言令色所不屑为也。然其赋性消极则年寿不永之征。

昔人有云"中年丧偶大不幸",我于靖贤之逝乃始有味乎其言。假使人当三十岁前后遭遇乎此,虽然悲伤乃至痛悼,却亦易于渐渐浑忘。若在暮年老朽时,则此属意中之事或亦无其凄惨。唯独在中年有难于忘怀者。

我之不忘靖贤者,靖贤为我留下两个好儿子。两儿失母之年,培宽十一岁,培恕八岁。我既已致力社会运动,奔走四方,不遑宁处,两儿唯赖靖贤抚育成长。两儿虽无过人之资,却亦各有才品,四十年来在社会培植下各有专业,为国服务。最难得的其兄弟友爱之情自童稚至于今而弥笃。各自成家后,妯娌以至诸孙雍睦无间,使我耄耋得此,独非靖贤之赐乎。

然而莫设想我们家庭生活总是和乐融融的。靖之为人既秉消极气氛,而我较之通常人则有些乖僻,又往往态度生硬。所幸我常常不在家,别时多于聚时,避免了冲突不和。我今回顾往事,记得靖贤曾一次郑重其事地指摘我如下三点:第一,说我好反复。说我每每初时点头同意之事，又翻悔不同意。这确有之。因为她遇事明决，不多思考审量，而当她征问我的意见时，我每先附和之，旋加考虑不免又更改。此盖两人头脑不同，性格不同也。第二，说我气量窄小，似乎厚道，又不真厚道，似乎大方，又不真大方。第三点记不明确，大约是说我心狠，对人的同情心不足。……这些批评出自至亲至近之人，大值得反躬自省。纪念先妻之文即截止于此。

       一九七七年六月十一日着笔，十八日写完

寄宽恕两儿

【编者导言】一九三九年一月三十一日至九月十七日，作者偕友五六人，由四川大后方，历经豫、皖、苏、鲁、晋，出生入死八个月，又返回四川。此信写于一九三九年三月自洛阳出发将往敌后时。

宽恕两儿：

前自西安、洛阳所发之信当收到。我们在此已多日，因黄河北岸敌人甚多，不能通过，等候机会，等了很久。

在此等候之中，我们到洛阳附近游玩。先到"关帝冢"，离洛十五里，是关公的头经孙权送给曹操，操埋葬在此。前面是大庙，后面是坟，殿堂树木都很好，我们向坟前行最敬礼。

从关冢再过去十五里便到伊阙龙门。伊是"伊水"，阙是大山中间断开一个门，伊水从中间流通过来。龙门就是西边的山。山崖有唐代刻的佛像,小的很小,有好几千,大的很大,有九尊。我在释迦佛前照一像,是张云川先生照的,佛高于我的身约二十倍。佛像甚好看。

我们明天要走了,是从洛阳到襄城,换船经郾城、周家口,到阜阳,随于学忠军队同行,何时到山东,不能知道。

父手字

三月十七日

山东敌后历险

【编者导言】一九三九年作者自大后方重庆出发,往山东敌后。作者于一九四一年主持《光明报》(香港)时,在该报发表了《我努力的是什么——抗战以来自述》一长文,此文之第九节"巡历华北华东各战地"内有其在鲁南蒙阴县沂蒙山区转移时敌后历险之记述一段,原标题为"一幕惊险剧",现改为"山东敌后历险"。此次历险发生时间在一九三九年六月二十三日前后。

关心我们朋友学生抗敌工作而想加以抚慰鼓励,是我赴华北视察目的之一,前曾经说过。所以这里临末还须交代一下。这就要叙到一幕惊险剧了。

我们的第三政治大队,除第五支队留于豫北工作外,其余由大队长秦亦文君率领开入鲁境。因奉部令归省政府直接指挥,所以大队部即住东里店附近。如前所叙,当我到达东里店，与各方会见的几天（六月一日至六日），便遭敌人围攻。我与秦君等即彼此相失，互寻不见。久之又久，忽然得讯，秦君率部驻于蒙阴的北岱崮，距离我们隐藏之地往北百余里。于是我偕随行诸友，往北去就他。

哪里晓得，秦部五百余人，还有省府其他人员相随，目标过大，又留驻该地达十日之久，已被敌人侦知，派兵三路进击。我往北去就他，我的背后正有敌兵亦同走一路向北前进。我到达该处，秦部已得谍报，敌人拂晓进攻，急须转徙以避之。所以不及多休息，傍晚天黑齐队向西而行。行前，秦君指定秘书公竹川君并警卫队六十名专卫护我，遇必要时，我得另自走。

当天黑齐队时，天已落雨。愈走而雨愈大，山路愈滑。又崎岖坑谷，漆黑无光（用光火恐为敌见），出手不辨五指。前后彼此牵衣而行，不许交言，古所谓衔枚而进。脚下高低深浅，亦不得知。两次有人滑坠涧谷，不知其性命如何。如是走一通夜，雨落一通夜，衣裤淋漓，难于移步，寒透肌骨，既饥且疲。走到天明，举目看看，方知只走出五六里路（人多亦为行慢之一因）。

此时雨落更大，前面有一小村庄，名"对经峪"。大家皆渴求休息。而村小不能容，秦君先请我及随带警备队进村。他们大队再前进不远,进另一小村庄名"石人坡"的去休息。我们进村,入老百姓家,全不见一人,而屋内衣物食具却未携去,极为惊诧。试问通宵大雨,老百姓为何不在?既出走,为何衣物食具全在?显见得,其为临时惊慌逃去,此地不远必有敌人。我们实在应当马上走开,不应休息,却为饥寒所困,不免耽搁。正在解衣拧干雨水之际,耳边枪声大作,知道不好。我本来骑马,幸未解鞍,赶紧上马向东而逃。——因枪声在西面。

原来敌人在近处一山头,看见我们队伍进村。而我们则以大雨迷蒙,人马疲困,却未见他。所以他们立刻下山,将石人坡包围,四面架起机关枪。大队人马,有的冲出,有的阵亡,有的遭擒。有的藏身屋内,被敌纵火焚毙。事后,我曾派黄君公君等返回调查,掩埋死者,抚慰伤者(隐于老百姓家),得知其详。

就在敌人包围石人坡之时,给我机会逃走。我策马仰登一山头,一个完全没有路径的山头。山颇高,到山顶便入云端,敌人不能见。于是一时逃过了。然而雨仍大,且山高,风又大,不能久停。慢慢寻路下山,见有两三人家,便去觅食烤火。将在解衣烘烤和进食之际,随员报告敌人即至。不得已又出来,隐身于草树茂密之处。举目向远处望去，果见有两路队伍，循两山岭而来。一路在前的，为中国队伍，有我们的大队，亦有其他军队。一路在后的，则为敌兵。看看走近，知非隐身草树所解决，适见老百姓向一山谷逃避，我亦随之。末后，藏在一大山洞内。

洞内先有人在，老弱妇孺为多。我和随行者共六人，入洞时，老百姓指示我们隐于最后，并以我们行装易被认出，解衣衣我，以资掩蔽。此时两军即已开火，枪声，大炮声，最后并有飞机助战，正在我们的山上面。洞内屏息静听，自晨至午，自午至黄昏。黄昏后，枪声渐稀，入夜全停。此时老百姓出而劝我们，离洞他逃。我们始亦愿他去，暗中摸索而出。无奈，两军并未撤离一步，警戒甚严。哨兵于黑暗中有所见，即射击，我们没法可走，只得仍折回洞内。

我们折回洞内，老百姓极不愿意。他们说天明战事完了，敌人必然来洞搜索。我们身上皆佩短枪，不是开火，就是被擒，一定连累他们。但我们实在无处可去。大家无言，昏昏入睡。天尚未明，睁目看时，老百姓已多不知所往。天明，则除我六人外，洞内没有人了。此时战事又作，激烈如昨。洞内无人，便于移动，可以偷望对面山头敌阵。旗帜、敌军官、望远镜、指挥刀，历历在目。过午枪声渐稀，望见敌兵三五自山头而下，不久竟沿路转来洞边，大皮靴声音直从洞口过去。当时同人皆扣枪待放，他如果向洞内望一望，我们便拼了。这是最险的一刹那。

午后约三时顷，战事停。我们出洞来看，两山两军皆已撤退。大家放心，而肚内饥不可耐，差不多两天没吃饭了。只好将洞内老百姓遗留的筐篮锅盆，一一翻检，寻些食物。我们正在大嚼，老百姓却回来了。我们脸上甚不好意思，老百姓倒笑语相慰，并各取出饮食相饷。但他们仍不敢引我们到家，日落时，领我们到二十里外另一个洞去住。

险剧既过，不必接续述下。第三政治大队经此两役，损失大半（秘书主任、秘书、会计被俘身死，其余不计），残部径返鲁西。因为原留有第二支队在鲁西，合起来仍有三百人之数。支持到上年（廿九年）年尾，亦不能存在。我自己，离洞以后，六十名警卫队已寻不见。幸好公秘书竹川相随，他是蒙阴本地人。蒙阴公姓甚多，有"蒙阴县，公一半"之谣。于是我六人随着他，投止于公姓家。从第一个公家，到第二个公家，再到第三个公家……如是一路从蒙阴北境走出蒙阴南境。他送我到较平安地带，即返回家去。却不料不久竟为八路军所错杀，弃尸无头。

香港脱险寄宽恕两儿

【编者导言】二十世纪四十年代初,太平洋战争爆发,一九四一年十二月七日凌晨,日军向英国管治下的香港发动进攻,守军抵抗了十几天后终告不支。梁漱溟先生与许多正在香港的文化人一样,顿时陷入险境。他们遂设法逃出香港,坐走私船经澳门到台山,然后到开平、肇庆,又经梧州、柳州到达桂林;本文一九四二年写于桂林。

一 离港

我已于一月二十六日到达梧州,现在可以将从香港脱险的经过告诉你们。

香港战事于十二月二十五日结束,我同几个朋友隐蔽在西环一间小学的教室里,且觇日军动静如何,准备走出香港。但急切间得不到什么好办法,直至一月十日始得离港北来。

这是起身头一天方决定的。承一位朋友的好意通知我们,说是有一只小帆船明天开往澳门,船主曾向日军行过贿,或可避免查问。船费每人港币六十元,此友已预订五个人的位子。我们当下付过钱,约定次日天明于某处见面,有人领我们下船,并嘱咐我们改换装束,少带行李。

我们同行朋友计五人:陈君、陆君、范君夫妇和我。五人皆改成工人或小商贩的装束,自携行李(都是小件的),随着引路人,自中环急步,向香港仔下船。这是一段约二十华里的路程,在久不走路的我,竟感到异常吃力,周身是汗,两脚生痛,走到末了,一跛一拐,几乎不能再走。路上还承友人相助,代携行李,方勉强到达。不过还好的是我气不喘,心不慌。

船甚小,宽约一丈,长约三丈二尺,却有三挂帆。我真没想到这样小船可以航海。由香港仔驶出时,从海面看见有被凿沉的轮舰十数艘堵塞海口,如其不是这小船怕亦驶出不得呢!

二 到澳门

船行全赖风帆之力。风若不顺,或无风,那便走不动。所以一时风力好,则船上人都色然而喜;一时无风,便人心沉闷,都说今天到不了澳门。大体上那一天早晚都有风的,但不十分顺风,所以晕船的人颇多。而中间亦有一段没风的沉闷期。同行友人或则呕吐,或则眩晕难支,频频服止呕药。只有我一个人不感觉什么,一切如常。范君等皆以为讶。

在途中曾遇有敌机盘旋而过,又有敌艇自远驶来,好似追我的。船上水手和客人均慌起来,各自将珍贵财物掩藏。实则始终没有碰到敌人,或伪军土匪。我们一路无事,于夜晚十时,便在澳门登陆。

澳门政权属于葡萄牙,而此时则全在敌军控制之下。我们登岸入旅馆,便见很多说日本话的朝鲜人,且传说敌军将接收澳门的警察权。我们到澳门还希望有轮船去广州湾,但轮船皆被敌人扣住不许开。有一次日本领事签字许开了,而他们海军方面又不许,到底不得开。我们因旅馆耳目太多,且不好久居,承澳门朋友冯、柯两先生帮忙,移居到一间空房内,慢慢设法离澳。

此时澳门已甚恐慌。粮食来源不足。米、盐、油、糖四项皆政府公卖,非有居民证不能买。(所以我们皆靠冯祝万先生送来米吃。)各商家皆预备结束,市民多半要走。而香港跑来澳门的人亦一天比一天多，都是要再走的。这样多的人要走，而可走的路却不多。第一是没有轮船，只有渔船或使帆的小货船；而海上多盗，谁亦不敢走。只有循石岐向内地走的一法。那却要经过敌人几道检查，才得通过。首先要在澳门的敌人机关缴相片，领取通行证、良民证，手续甚繁。澳门市民多走此路。香港来的人走此路者亦不少。我们几个朋友则不愿办这些手续，亦不愿经过沿路检查，只得另想办法。

最后想的办法，还是小船漂海，直奔自由中国的都斛（属台山县）。此路因海上多盗，无人敢走。但我们则因有友人介绍得识海上豪杰吴发君。他逞豪海上多年，人称"吴发仔"的便是。他的势力范围在三灶岛、横琴岛、大小榄一带等处。抗战以来，敌人要夺取三灶岛为空军根据地，他便与敌人抗拒，苦战多次，曾受政府收编，担任游击工作。因为他本人即是三灶岛上的人，家族亲故皆在岛上。岛上居民共一万二三千人，全被敌人屠杀赶走，失去生活依据。所以他与敌人是永不妥协的。直到现在，还有几千义民跟随他在澳门附近荒岛野山上砍柴为生，我们皆曾眼见。至于他们的抗日战绩，前一二年的香港澳门报纸亦不少揭载的。此番他知道我们是文化界的人要返国,他愿护送我们到都斛。同时托我们将他抗日的赤诚、部队的苦况、义民的流离,向政府代为申请,请求设法接济和救济。

三　再度漂海

在十七日的下午,吴发仔派人引我们乘渡船先到路环——这是距澳门不远的一个地方。三灶岛的义民逃难在此的便不少。而吴的部下实际亦都是他们的族中子弟,他们都称呼他"发叔"。部队并没省政府发的饷项,要靠护航为生。就是将内地所需货物如汽油棉纱等包运到都斛,收到护运之费。这种生意每个月亦只有阴历二十五至初五的十天内能做。因为这十天没有月亮,在漆黑的夜间才得避免被敌人发现。白天和月光下都是不方便的。一月十七日这天正好是阴历十二月初一,就乘他们运棉纱的便船送我们走。

黄昏时候,吃完晚饭。大家下船,船共五只,虽有大有小,亦差不甚多。记得我乘的一只,约六尺宽,三丈长,无篷,一挂帆而已。原说我们五人分乘五船。因为船太窄小,而驶船的人一船却有八九个,还不时往来行动。所以只能在满载的棉纱包上面近舵之一端,侧身卧一客人，再多，便不免妨碍驶船。后来因为范太太觉得黑夜孤身一个害怕，许他们夫妇同船。我及陈、陆二君则各人一船。已经分别开行了，忽然陆君一向我船赶来，说是他们发觉我不能粤语，怕途中万一有事不好应付，特地要我与善粤语的陈君同一船。迁换既定，扬帆各去，昏暗中彼此皆看不见了。

此夜风向甚顺，我们仰卧着看天上星斗，船在静静中如箭一般地驶去。不意后半夜风向忽变，风浪甚大，小船颠荡欲覆，浪水直泼向船内，溅入鼻口；衣服尽湿更不待说了。好在船行多在群岛之间，所以不久便依泊于一小荒岛上。候至天明日出，将衣服曝在太阳下，人亦烧柴取暖。船上带有米粮菜蔬，但遍觅岛上无淡水可得，只好用海水煮饭。我素有耐饥本领，啜一小碗而已。饭罢，就仰卧沙滩之上，阳光之下。除海潮声外，寂无所闻。直待到天色昏暗，方又扬帆而去。——此为十八日事。

船行顺利，是夜便到都斛。但还不是都斛市镇，是其海口，地名东滘口。耳闻隔船语声，知范君夫妇已先到。彼此问讯，知他的船在途中，被劫两次。棉花劫去数十包，幸无他失。而其余三只同来的船，竟不见来到。候至天明，总无消息，为陆君悬心不已。

四　由都斛到台山城

我们船到东滘口之时,岸上的警察派出所便有警察持手电筒上船来查问。我们直以从香港逃出告之。他回派出所后,他们的警察长非要我们上岸问话不可,而从船到岸还有几十丈必须涉水而过。正在后半夜极其寒冷,又仅有星光,不辨脚下深浅。跣足涉水,真有些为难,我们向他商量,请至天明再问话不迟。他执意不允,大声威吓起来。我身边恰尚有名片,就托范、陈二君辛苦上岸,对警察长说明。

经说明后,他态度倒还好。天明就招待我们上岸洗脸饮茶,用电话向镇上喊来轿子,送我们到镇上。大约他已报告上司,而得到指示了。

在镇上饮茶时,棉纱货主亦由镇上来东滘口收取他的货物。乃知吴发仔包运他的纱货共有十六只小船之多,先后分三批开行。第一批六只船,第二批五只船,第三批又五只——就是我们搭乘的这一次。第一批有五船失踪,只到一只,亦被劫光。第二批五只船都不见到。第三批到了我同范君两船,余三只未到。总算起,共失去十三条船,到达的仅只三船而已!如此看来,我们此行真太危险了。而到达的三船，一船被劫精光，一船被劫两次，其得安全无事者独我与陈君一船，真又太幸运了！

原来当十七日晚，船已开行，我与陆君忽又换船之时，我心中早为之一动：莫非我这船要出危险吗！因为从来的经验，我是碰不到凶险事情的。我在某处，某处便无凶险事；只有在我未到之前，或离去之后发生。这种事例太多了。二十八年（一九三九年）我在敌后游击区出没之时，最为清楚显明。就以此番香港战事而言，我离开黄泥涌道不久，敌军便占了黄泥涌道；我迁离轩鲤诗道黄家，并将衣服取走之一天，黄家便被匪劫。亦有一串事例可举。这样就暗示给我一种自信：我总是平安的。所以当忽然换船之时，我不免心中一动了。哪晓得它果然出事呢！

照此情形，我们只有函托吴发仔于寻到他的船时，设法营救陆君。我们久候于都斛亦属无益，十九日宿一夜，二十日就赴台山县城。

赴台山，我和范夫人各乘一轿，范、陈二君各骑一单车（脚踏车）。车轿都是警察所代雇的。警官甄君招待甚周，并设酒饭在他所内款待我们。因为我的名字一传到都斛，就被当地几个旧日广州第一中学的学生朱元凯、朱灵均、李元五等晓得了，马上来欢迎我。而警察所朱所长正是他们一家弟兄。所以可以说一入国境，便遇到熟人了（我于民国十七年［一九二八年］任第一中学校长）。

朱等立刻写信告知台山城内的同学陈炳贤。陈任县政府粮政科长，他又报告给县长陈灿章。所以我们一到城内，陈同学和陈县长又都来欢迎了。陈县长是我的朋友刘裁甫先生的学生。十七年我在广州时，他任民政厅秘书，曾经见过面的。于是随着当地的新闻记者和县党部书记长亦都来看我。他们皆以为我是文化界从香港脱险到内地最早的一人。——此是一月二十日的事。

五　经过三埠

照我们的路线，到台山后，应经三埠去开平肇庆。所以二十日宿一晚，二十一日晚发电报给重庆后，即决定去三埠。电报是打给国民参政会的。其文曰：

> 重庆国民参政会主席团蒋、张、左暨王秘书钧鉴：顷已从香港脱险返回，请代披露报端，告慰各方知好。梁漱溟祃。

可喜的是当我们起身赴三埠时,陆君忽然赶到台山,直入我们旅馆中。问他所遭遇的事,知道被赤溪方面的海盗掳去。吴发仔的十三条船皆被集中在一处,货物和旅客一同在那里。船货要交七万五千元才可以领回。旅客则每人要交港币一千元保护费才可出来。陆君本与其他客人同一待遇,后来因为他颇知江湖人物心理,几番说话居然说动他们,将掠去的衣物还他,且派船送他一人登陆。他赶至都斛,经警察所的指示,又通电话于县政府,所以就寻得我们了。于是原来同行五人,又复会齐出发。

经一程旱路,一程水路,二十一日下午我们到了三埠。"三埠",原是三个埠头:长沙、荻海、新昌。这好像武昌、汉阳、汉口三镇的一样。市面繁盛,有广东第一区行政专员兼保安司令驻此。先得知专员是旧日相熟的李磊夫先生,一到便送名片通知他。他立刻来看我,欢然道故。次日又约彭指挥林生和一些军政长官以及中央、中国、中农三银行经理为我设宴。并且派一个队长带了弟兄,于宴罢护送我们一行去肇庆。

此地中国农民银行经理吴尚势君,在席上向我谈他是广州第一中学的老教员,虽然他入一中是霍校长请去的,我早离开。然而我在一中的措施,已奠定好的基础,养成好的学风。他们后来的人，从我遗留下的规模和同学口碑之间，虽未谋一面，却完全清楚我的为人了。——不料随处都遇到对我有好感的人呢！

六　经开平到肇庆

二十二日午后起身，当晚抵开平县城。县政府陈科长伟宗先迓于中途，林县长开远又到旅馆来看我们。据他说亦是十七年在广州会过面的。他随你们姨父伍庸伯先生做过事，所以常听伍先生说起我。——那么又算是一个熟人了。

二十三日黎明，县政府雇来五乘轿，林县长又亲来送行，当晚宿田村。次日继续前进，午后二时便到新桥，在新桥换小船，傍晚就到肇庆了。

肇庆是府名，县名高要。此处为广东第三区行政专员兼保安司令驻在地，专员为王仁宇先生。他收到李专员磊夫的电报，又经护送我们的队长通知他，所以当下便同他夫人来看我们。我以为这王专员是不认识的生客了，哪里晓得我虽不认得他，他却又熟悉我呢！

原来广州西村有两间学校，一是第一中学，一是工业专科（后改工厂）。王先生曾主持工校的事，因为同处西郊，一中的校况学风他很清楚。几乎我们的一举一动都在他心目中。最近他任连县县长三年，刚从连县调任此地专员不久。在连县时，王夫人和你们大姨（伍庸伯夫人）往来亲密得很。王夫人对我说，虽未会面，早从相片上认识了我和你们两兄弟，并且还看见恕儿寄给大姨母的绘画和木刻呢！

王专员告诉我，伍先生领导之游击队的根据地就在三水县境内，而三水和高要是接境的。可惜我与同行诸友要赶路，不及去访看老而益壮的伍先生。

是晚（二十四日晚），我们宿肇庆大旅店。次日天明王专员和他的夫人又来旅店，引我们出城去避空袭。这天明避空袭是肇庆近月以来的规矩。全城人都走出城外，过午才回城。王专员就在城外一书院旧址办公。我们便在他办公室休息和吃早饭。他夫妇又引我们游公园、游郊外树林，再吃午饭。傍晚又送我上船去梧州。——此为二十五日事。

七　搭船上梧州

二十五日傍晚，王专员夫妇和一位管理西江航政的唐姓军官亲自送我上船。这是以前航行广州的拖渡大船。船老板表示客气,将特舱位让给我们,而且坚持不收船价。

我们一路上船轿车脚等费,以及宿食等项,大都有人招待,或特别客气相让,所以从澳门冯祝万先生借得国币一千元,又代换五百元,共不过一千五百元,五个人用到此地尚余大半。因此李专员、彭指挥、王专员先后赠我路费,皆没有再接受。实在沿途承受朋友们的好意已经很多了。

王、唐诸公道别去后,船快要开,忽然在我铺位旁边坐了刚上来的一位客人,短装如工商界人,以帽压额,虽在灯影恍惚之下,我却已看出是久柄广东政权、威名赫赫的陈济棠。我们在港皆确知他陷在港没出得来,而在澳门以及沿路皆听说他被敌人拉去广州,并传说已到南京出任军委会副委员长。他能脱险回内地,不独他个人之幸,亦是国家之福。我忙指给身边的陈君看,低声问他是不是陈济棠。陈君看了,亦说像他。但我和陈济棠原相熟的,此时我看他,他却不打招呼。我不看他时,他又偷眼看我。这明明是他无疑了。不过他既不愿人知,自不便和他搭话。

入夜,他又迁了舱位,不再看见。次日上午船上账房来向我说"陈老总"相请。果然是他,请我去谈话。

他说：昨夜原已看见你，现在梧州快到了，再无问题，我们可以谈谈罢。据谈，他因未得乘飞机出港，即于战事中改装隐蔽。战事休止，一月十二日离港到大澳，虽家人部属亦不知。从大澳经朋友护送走中山、顺德、新会、鹤山、高明各县的乡间，不经过任何埠口而达肇庆的。由肇来梧之前，却已托人致电梧州梁专员朝玑，请其派船迎接。

不一时，果见梁专员乘了电船来接。他便邀请我和陈君等同上电船，很迅速地到了梧州码头。梁专员招待我们在司令部内休息用饭，并马上打电话报告桂林李主任（济深）、黄主席（旭初）。他自己亦与李、黄二公通话，说明一时尚不来桂林。我亦就便与李、黄二公通话，说我不久可以到桂林。

陈公（指济棠）确乎有病，从形容上完全可以看出。他自己说"百病俱发"，虽言之或许太过，但不休息不调养不行了。他摆脱政务（他是中央党部常委兼农林部长），决计去茂名（广东高州）静养，我认为是一明智之举。当晚（二十六日晚）他留于梧州，而我们询悉有开上水的船，即托梁专员代订船位，饭后上船赶程西进了。

八　脱险后感想

以上所述,到一月二十六日梧州事为止,是在贵县朴园休息期间写记下的。本来脱离港澳已算脱险,说得宽一点,则说到广东接近敌人的区域,如肇庆(距敌七十华里,仍不时打炮)便可。到梧州就无险可言,故梧州以后不必详叙。

梧州以后,大略言之:二十七日晚抵桂平,即刻换船;二十八日下午抵贵县。以同行友人陈君是贵县人,即借他亲戚家的朴园小住数日,此时同行他友均已分手。二月三日同陈君搭汽车到宾阳,四日到柳州,当晚搭湘桂铁路夜车,五日天明就到桂林了。这一段路同样地亦到处得朋友帮忙,招待、欢送,不要我自己费一点事。

至此再无可述,要述我自己的感想给你们。

第一个感想,自然是:我太幸运!在香港炮火中,敌军和盗匪遍地行劫中,我安然无事。冒险偷渡出港、出澳,一路上安然无事,始终没碰到一个敌兵、伪军或土匪。不但没有危险,即辛苦亦只往香港仔下船时不足二十华里的平路,哪算得辛苦呢!损失亦没有什么损失。人家或被劫若干次(走东江一路的人最多,被劫亦最苦),我不独没有遇劫,而且自己弃于香港的一箱春夏衣服,还意想不到有朋友给我带送到桂林。所以和人家谈起来,任何人亦没有我这般幸运!

第二个感想便是:到处得朋友帮忙,人人都对我太好。譬如遗弃衣物偏有人同我带来,不是一例吗?如上所述,从头到尾的经过,不全是这种例证吗?同我在香港的只有张先生(云川)是你们熟悉的。其余多数你们都不认得,即在我亦是新交。离港前夕,张先生以未得同行照料我,颇不放心。我即说:你尽放心,天下人识与不识都会帮忙我的。尽我身边,一无家人,二无亲戚,三无故旧,却以人人对我好的缘故,正与家人亲故同处无二,此番脱险更加证明了我的自信。

第三个感想:便是尽一分心,收一分效果。这是从我和广州第一中学的关系而发生的感想。一中学生多是两广人,在两广每每遇到人便谈及我在一中的一段事。(最近又遇到坪石中大农学院一位赵教授,他开口便说:你到坪石来,我们那边一中同学甚多,他们会欢迎你的。)好像我和一中有很深很久的关系一样。其实我任一中校长只半年而已。不过,我却曾为一中尽了一番心。我于十七年(一九二八年)七月接任校长,那时的一中腐败不堪。但亦难怪。因为从十五年（一九二六年）六月起，两年内更换了七个校长，平均每任不过三个月多点。我接任后，逐渐整顿，在十二月提出全部改造方案，转年（十八年）实行，到实行时，我便离粤了，但全盘教职员则一个不动，由黄先生（艮庸）继任校长以代我。一切事情都是黄先生、张先生（俶知）、徐先生（铭鸿）主持。自十七年经十八年、十九年一直维持到二十年夏秋间，这一班朋友才离开。改造方案（原文见《漱溟卅后文录》）得以执行，而且稳定下去，所以便能建立根基，遗留于后来。然而就我自己讲，实不曾用许多心血精力其间。不能不令我叹息，尽一分心，居然亦收一分效果了。

九　处险境中我的心理

最后要说我处险境中的心理。我不只是一个从外面遭遇来说，最安然无事的人；同时亦是从内心来说，最坦然无事的人。外面得安全，固是幸福，自家心境坦然，乃是更大的幸福。——试问一个人尽外面幸得安全，而他心境常是忧急恐慌的，其幸福又有几何呢？

二十八年（一九三九年）我去华北华东各战地，出入于敌后者八个月，随行诸友如黄先生（艮庸）等无不说我胆子大。因为不论当前情势如何险恶,我总是神色自若,如同无事。旁人都有慌张的时候,我总没有慌过。此番在香港炮火中,以至冒险出港,凡与我同处的朋友亦无不看见的。所以同行范君等,一路上就禁不住称叹:梁先生真奇怪,若无其事!梁先生了不起,若无其事!"若无其事"这一句话,我记得他不知说了几次呢!

范君叹我"若无其事",亦是兼指我身体好,修养好,耐得辛苦忧劳。其实我原是心强而身并不强的人,不过由心理上安然,生理上自然如常耳。你若是忧愁,或是恼怒,或是害怕,或有什么困难辛苦在心,则由心理马上影响生理(如呼吸、循环、消化等各系统机能)而起变化,而形见于体貌,乃至一切疾病亦最易招来。所以心中坦然安定,是第一要事。

我心中何以能这样坦定呢?当然这其间亦有一种天分的,而主要还由于我有一种自喻和自信。自喻,就是自己晓得。我晓得我的安危,不是一个人的问题,而是关系太大的一件事。我相信我的安危自有天命,不用担心。试分别解说一下。

假如我所作所为,只求一个人享乐,那么,我的安危只是我一人之事而已。又若我做事只顾一家人的生活安享,那么,我的安危亦不过关系一家而已。但我不谋衣食,不谋家室,人所共见。你们年纪虽小,亦可看出。我栖栖惶惶究为何事,朋友国人,或深或浅,多有知之者。而晓得最清楚的,当然是我自己。

又假如我虽用心在大问题上,而并无所得,自信不及,那亦就没有何等关系。但我自有知识以来(约十四岁后),便不知不觉萦心于一个人生问题,一个社会问题(或中国问题),至今年近五十,积年所得,似将成熟一样。这成熟的果实是:

一是基于人类生命的认识,而对孔孟之学和中国文化有所领会,并自信能为之说明。

一是基于中国社会的认识,而对于解决当前大局问题,以至复兴民族的途径,确有所见,信其为事实之所不易。

前者必待《人心与人生》《孔学绎旨》《中国文化要义》三本书写定完成,乃为尽了我的任务。后者虽有《中国民族自救运动之最后觉悟》、《乡村建设理论》(一名《中国民族之前途》)、《我努力的是什么》(最近在香港发表)三书出版,已见大意,仍有待发挥和奔走努力,以求其实现。

孔孟之学，现在晦塞不明。或许有人能明白其旨趣，却无人能深见其系基于人类生命的认识而来，并为之先建立他的心理学而后乃阐明其伦理思想。此事唯我能做。又必于人类生命有认识，乃有眼光可以判明中国文化在人类文化史上的位置，而指证其得失。此除我外，当世亦无人能做。前人云："为往圣继绝学，为万世开太平"，此正是我一生的使命。《人心与人生》等三本书要写成，我乃可以死得；现在则不能死。又今后的中国大局以至建国工作，亦正需要我；我不能死。我若死，天地将为之变色，历史将为之改辙，那是不可想象的，万不会有的事！

一班朋友在港，时刻感到生命的受威胁，不独为炮火无情，更怕敌人搜捕抗日分子。所以我们偷渡出来，到达澳门旅馆的一夜，同行友人都色然而喜，相庆更生。然我只报以微笑，口里却答不出话来。因为我心泰然，虽疑虑的阴影亦不起，故亦无欢喜可言也。又我身上的名片，始终未曾毁弃，到都斛时，随手便取出应用。正为我绝不虑到遭遇敌人搜查的事。

我相信我的安危自有天命。何谓天命？孟子说得明白："莫之为而为者，天也；莫之致而至者，命也。"凡事都不是谁要它如此，而事实推移（时间的），机缘凑合

（空间的），不期而然。察机缘之凑合，来自四面八方；寻事实之推移，更渊源远至无穷。这其间没有偶然，没有乱碰，于是就说作"天命"。而事之关系重大者，其推移似尤难得恰好，机缘尤难凑拢，一旦或成或毁，就格外说它是天命而非偶然了。

我说"我的安危自有天命"，包含有两层意思。头一层是自信我一定平安的意思。假如我是一寻常穿衣吃食之人，世界多我一个或少我一个皆没关系，则是安是危，便无从推想，说不定了；但今天的我，将可能完成一非常重大的使命，而且没有第二人代得。从天命上说（从推移凑合上说），有一今天的我，真好不容易；大概想去前途应当没有问题（没有中变了）。——这一自信，完全为确见我所负使命重大而来。

再一层是：万一有危险，我完全接受的意思。前一层偏乎人的要求（主观），未必合于天的事实（客观）。事实结果如何，谁亦不能包办得来。万一推移凑合者不在此，而别有在，那么，便是天命活该大局解决民族复兴再延迟下去，中国文化孔孟之学再晦塞下去。我亦无法，只接受命运就是了。或者我完全看错了。民族复兴，并不延宕，文化阐明，别有其人。那怪我自己糊涂，亦无所怨。——这一意思是宾，是对前一自信的让步而来。

总之，我把我的安危一付之于天，不为过分地计虑（自力所不及，而偏斤斤计虑即为过分）。我尽我分（例如尽力设法离险），其余则尽他去，心中自尔坦然。在此中（在坦然任天之中），我有我的自喻和自信，极明且强，虽泰山崩于前，亦可泰然不动；区区日寇，不足以扰我也。

我处险境中的心理，大致如是。若看了不甚了解，待他日长进，再去理会。

后 记

此文原系家书，其中有些话不足为外人道（指"处险境中我的心理"一段）。但既然被友人拿去在桂林《文化杂志》上发表了，亦不须再闷。其中狂妄的话，希望读者不必介意，就好了。

一九四三年七月漱溟

寄晓青甥

【编者导言】邹晓青为作者大妹之长子。一九三八年随作者往延安,即留陕甘宁边区学习工作。解放战争时期调往东北。收此信时在《东北日报》(沈阳)工作。此信写于一九五一年,信中有"抗战中奔走团结……一贯而不移"的话,引自《两年来我有哪些转变》(见一九五一年十月五日《光明日报》)一文。

青:

你不够了解我!我这里没有旁的念头,只有一个念头:责任。譬如我文内说:"抗战中奔走团结,胜利后争取和平,逐逐八年,不敢惜力;一旦料知和平无望,即拔脚走开,三年不出;要无非自行其所信,一贯而不移。"其所行如此而不如彼者,自是其所知所信如此;而其所以能坚持乎此,力行乎此,不怠不懈者,那就是责任心了。在我这里虽不能无人情,却不许有俗肠。像小资产阶级的向上爬心理,可说自幼没有。像小资产阶级的逐求趣味心理,像革命党人的仇恨反抗情绪,在我这里如不能说完全没有,亦只是洪炉点雪。我的生命就寄于责任一念。处处皆有责任,而我总是把最大的问题摆在心上。所谓最大的问题即所谓中国问题。而我亦没有把中国问题只作中国问题。不过作为一个中国人要来对世界人类尽其责任,就不能不从解决中国问题入手。在最大的问题中,我又选择最要紧的事来做。例如:抗战之时,莫要于团结,就致力于团结;当建国之时,莫要于和平,就致力于和平。一旦和平似乎有成(一九四六年一月底)而事情有比参加政府更要紧的,马上就转移其致力之点。又一旦料知和平无望(一九四六年十月底),而事情有比武装反蒋更要紧的,同时自己又不赞成武装斗争,亦就马上转移其致力之点。总之,从来不做第二等事。由于总在最大问题中追求其最要紧的事情,久而久之,我所关心的,旁人往往不如我关心;我所能做的,旁人往往不如我能做;好像责任集中于我一身。既有"四顾无人"之慨,不免有"舍我其谁"之感。像这样数千年悠久历史之下,像这样数万万广大人群之中，而"认识老中国，建设新中国"这句话，只有我一个人最亲切；责任演到这步岂是偶然？固然没有什么"天"降之命，而正有其莫之为而为、莫之致而至者在。是事实如此，不是我自负。自然如你所云"背了包袱"是要不得的，但你如其离开这个有特殊任务在身之念，又怎能了解我！

这是不免于自大的，这样说话是难免引起人家反感的。然而我的生命正在此。我在危难中所以不怕死，就是觉得我不会死。特别是像香港脱险之时，那时《中国文化要义》还没有写出来，万无就死之理的。现在虽然不同那时，然而亦还有没有完的事（非我做不可的事）。这话不对旁人说，但对你却希望你了解，而不怕你说我说大话。

漱溟

十月二十一日

怀念熊十力先生

一九一九年我任北京大学讲席时,忽接得熊先生从天津南开中学寄来一明信片,略云:你《东方杂志》上发表的《究元决疑论》一文,我见到了,其中骂我的话却不错,希望有机会晤面仔细谈谈。不久,各学校放暑假,先生到京,借居广济寺内,遂得把握快谈——此便是彼此结交端始。

事情的缘起,是民国初年梁任公先生主编的《庸言》杂志某期,刊出熊先生写的札记内有指斥佛家的话。他说佛家谈空,使人流荡失守,而我在《究元决疑论》中则评议古今中外诸子百家,独推崇佛法,而指明说:此士凡夫熊升恒……愚昧无知云云。

因此,见面交谈,一入手便是讨论佛氏之教,其结果便是我劝他研究佛学,而得他同意首肯。不多日,熊先生即出京回德安去了。

一九二〇年暑期我访问南京支那内学院,向欧阳竟无大师求教，同时介绍熊先生入院求学，熊先生的佛学研究由此开端。他便是从江西德安到南京的。附带说，此次或翌年，我还先后介绍了王恩洋、朱谦之两人求学内院。朱未久留即去；王则留下深造，大有成就，后此曾名扬海外南洋云。

我入北大开讲印度哲学始于一九一七年，后来增讲佛家唯识之学，写出《唯识述义》第一、第二两小册。因顾虑自己有无识妄谈之处，未敢续出第三册。夙仰内学院擅讲法相唯识之学，征得蔡校长同意，我特赴内学院要延聘一位讲师北来。初意在聘请吕秋逸（澂）君，惜欧阳先生以吕为他最得力助手而不肯放。此时熊先生住内学院约计首尾有三年（一九二〇年至一九二二年），度必饫闻此学，我遂改计邀熊先生来北大主讲唯识。

岂知我设想者完全错了！错在我对熊先生缺乏认识。我自己小心谨慎，唯恐讲错了古人学问，乃去聘请内行专家；不料想熊先生是才气横溢的豪杰，虽从学于内学院而思想却不因袭之。一到北大讲课就标出《新唯识论》来，不守故常，恰恰大反乎我的本意。事情到此地步，我束手无计。好在蔡校长从来是兼容并包的，亦就相安下去。

熊先生此时与南京支那内学院通信中,竟然揭陈他的新论,立刻遭到驳斥。彼此论辩往复颇久,这里不加叙述。我自审无真知灼见,从来不敢赞一词。

计从一九二二年熊先生北来后,与从游于我的黄艮庸、王平叔等多人,朝夕同处者历有多年。一九二四年夏我辞北大,应邀去山东曹州讲学,先生亦辞北大同往;翌年我偕诸友回京,先生也是同回的。居处每有转移,先生与我等均相从不离,其事例不必悉数。然而踪迹上四十年间虽少有别离,但由于先生与我彼此性格不同,虽同一倾心东方古人之学,而在治学谈学上却难契合无间。先生著作甚富,每出一书我必先睹。我读之,曾深深叹服,摘录为《熊著选粹》一册以示后学。但读后,心有不谓然者复甚多,感受殊不同。于是写出《读熊著各书书后》一文甚长,缕缕陈其所见!

如我所见,熊先生精力壮盛时,不少传世之作。比及暮年则意气自雄,时有差错,藐视一切,不惜诋斥昔贤。例如《体用论》《明心篇》《乾坤演》,即其著笔行文的拖拉冗复,不即征见出思想意识的混乱支离乎。吾在《书后》一文中,分别地或致其诚服崇敬,又或指摘之,而慨叹其荒唐,要皆忠于学术也。学术天下之公器，忠于学术即吾所以忠于先生。吾不敢有负于四十年交谊也。

       一九八三年四月二十三日于北京

三月十九日函示敬悉，我以拒不批孔，故在上受到孤立，但我的态度是独立思考和表裏如一，绝无畏懼，一切德其貞若芳展，此时丈信香港来人看我，大不相宜，此岸可轉君毅明三一閣，我身體精神尚佳，維華紀今当三，仍能像六十许人，可以若盤遊方朋友，沖漠予翟

三月廿八日

初访延安所见

【编者导言】作者一九四一年主持民盟机关刊物《光明报》(香港)时,于此报上发表了《我努力的是什么——抗战以来自述》一文,其中有"延安所见"一节,现择录于此。作者于一九四六年三月也曾再度访问延安,故于标题上加"初访"二字。

我于廿七年(一九三八年)一月五日由西安往延安去,于二十五日返回西安,往返共三星期。随行者有黎君、邹君两位。车是军用大卡车,无篷。路是军用公路,一切宽度、坡度、转弯角度,均不合于公路规矩。而自西安往北,愈走愈高,缺乏桥梁涵洞,车行危险而且费事。时当严冬,奇冷难支,举目所见,荒凉凄惨。人口之稀少,地方之穷苦,一望而知,可不待问。而愈问愈惊,多有出人意表者。

所谓陕甘宁边区者，闻其代主席张国焘（主席为林祖涵先生）言之，共有廿一个县又半。人口是九十余万，而实只五十余万（张言如此）。即平均一县两万多人，岂不奇怪。愈荒即愈苦，其苦自不待言。许多游记笔记，于那里生活情况，各有记述，亦不必详及。我只证言约近四年前的延安确是苦（后来亦许不同）。

然而在极苦的物质环境中，那里的气象确是活泼，精神确是发扬。政府、党部、机关、学校都是散在城外四郊，傍山掘洞穴以成。满街满谷，除乡下人外，男男女女皆穿制服的，稀见长袍与洋装。人都很忙！无悠闲雅静之意。军队皆开赴前方，只有些保安队。所见那些制服的人，多数为学生。

学校似有六处，所谓抗日军政大学、陕北公学、马列主义学校（简称党校）、鲁迅师范、摩托学校（机械学校），如是等等。花样新鲜，趣味丰富。内容组织、课程科目、教学方法、生活上各种安排，值得欣赏之点甚多。自然其中鲁莽灭裂，肤浅可笑者亦正不少。这是大胆创造时，所不能免，不足深怪。并且事实上证明，他们是成功的。因为许多学生来自北平、天津、上海、南洋等处，现在的起居饮食，比了从前不知苦多少倍，而求学兴趣转胜，一般身体并不见差，不是成功吗？[1]

一般看去，各项人等，生活水准都差不多，没有享受优厚的人，是一种好的风气。人人喜欢研究，喜欢学习，不仅学生。或者说人人都像学生。这又是一种好的风气。爱唱歌，爱开会，亦是他们的一种风气。天色微明，从被窝中坐起，便口中哼啊抑扬，此唱彼和，仿佛一切劳苦都由此而忘却！人与人之间情趣增加，精神上互为感召流通。——凡此印象，我脑中尚存留，但不知今日延安尚保持得否？

政府党部及司法机关，皆曾参观。边区政府亦分民财教建四厅。县政府则有两个：一个是边区所属的，一个是自省政府来的。法院院长为广西雷君，据谈他们的法律

---

[1] 关于这些教育（或称训练），我本嘱随行的友人考察记录，不过材料不在手边，只好从略。但我为使上面的话不落空，为使大家深切予以注意起见，我特指出那学生生活的苦况。吃饭总是吃小米饭，没有调换，菜只一样，萝卜汤，有点盐，没有油，滋养二字，不能谈。睡在窑洞内，空气光线皆不足，而且潮湿，又是人与人挤拢一起，铺位分不开，跳蚤虱子纵横无法清除。最苦不堪的，是早起没有洗脸水，因为担水上山来不易，水都冻冰，要柴来烧，而柴是贵的。所以一盆水，第一个人洗过，第二人洗，第二人洗过，第三人洗，第三人洗过，第四人洗，如此，洗到七八个人才算完。这种情形，卫生二字向谁讲？我留延安半月以上，随我去的邹君参加到他们学生队中，故知之详且确，没有虚假，奇怪的是身体并不见差（面色不见黄瘦难看），兴趣都很好！这不是一种成功吗？——漱注

大半遵照国民政府,而亦有自己撰作的。还有一种露天开会的审判,最为特别(偶一行之)。监狱内亦有可记之处,惜记忆不清。

共党人物多半会见。唯军事领袖朱、彭、刘、贺、林诸位不在延安,未见到。又惜未多住些时,谋与乡民接近,藉知其所感受者如何。

关于边区的民主政制,从条文及传说中曾得其略。上自政府主席,下至村乡长,都是选举出来的。并且各级都有议会。手边无材料可资叙述,暂亦不愿随便批评。虽然是一个要紧问题,却从略了。

统一与民主
——现代中国政治的两大问题

【编者导言】此文是"现代中国政治问题研究"长篇讲话的导言部分;此讲话作于一九四八年一月,时在重庆北碚。文中所说之"现代中国政治问题"乃是指中华民国成立之后,至作此讲话时约四十年间的中国政治问题。

我四十年来皆为中国政治问题所苦恼,亦不断用心。有些见解自认已经成熟。今用平实的话说出来,给与大家参考,好瞭望出一条出路。

中国政治问题有二:一、统一问题;二、民主问题。所谓中国政治问题乃指现代中国政治问题而言。比如统一问题原是老问题,即历史上曾有不统一之问题。目前我们所研究的却不是那个老问题,乃是指中西交通、大变革之后的统一问题。此变革乃不可避免的。今天所讲的就是指出如何在变中去求统一的问题，亦可以说是由于第二问题——民主问题所引起者。自晚清辛亥革命以来，中国即陷于不统一。此种不统一即是由于民主问题所引起。今天的不统一，乃是其势不能仍在古老的统一去统一；而是必须民主的统一。因此就加重了统一的困难。我们有时感慨地说：只要统一就好了，不管它民主不民主。但有时又说：这种统一我们不要。我们要的乃是民主的统一。于此可见这显然是两种不同的要求。

有没有第三种要求呢？没有。比如工业化是新中国的要求，但不是政治问题。政治问题只有统一与民主两个问题。除此以外，再没有新鲜的、独立的问题。为什么呢？因为政治不外乎权——权利、权力的问题。统一是代表权的一方向；民主则是代表权的另一方向；再没有第三个方向。

统一与民主哪一个问题更要紧呢？此一问显然是不必要的。有时我们强烈地要求统一，有时我们又强烈地要求民主。此是从主观上说。事实上我们不能判定说谁要紧谁不要紧。大约主观上强烈的要求，亦即客观上最急切的需要。不过，民主只能在统一中求得，统一可能离开民主，民主却离不开统一。四分五裂，谈不上民主。从这点说，统一高过民主。即是统一第一，民主第二。但这话并不是说要先做到了统一，再去做到民主。我们说那两句话的意思正是表明民主与统一之不可分；而不是说这两者可以分为两个步骤去完成。我们研究时把统一与民主分作两回事，但后来可能只是一个问题。

答政府见召书

【编者导言】此信为一九四三年作者居桂林之穿山时,为国民政府以宪政实施协进会见召事,答邵力子先生。邵力子为此协进会秘书长。此信据作者亲手抄存底稿,底稿原缺上下款。

一九四二年作者从香港脱险,即息影于桂林,而不往重庆,盖此时"执政党于党外之压制,转迫转紧,浸至无所不用其极"。蒋介石以召开会议为名,召作者往重庆,其目的全在于国民党便于对党外人士之管控与钳制而已。信末作者指出,"宪政虽为远图,而民主精神则为眼前所切需","政府诚有取于民主精神,政府自实践之,何用许多人来筹备","实施宪政,非所愿闻;践行民主,宁待筹备"。结论只能是作者拒绝往重庆赴会。

请转呈：

（上略）今被征召，岂复有意再辞。第以漱从来之所见，宪政可以为远图，而非所谓急务；使预筹备之役，直觉与夙怀相谬。关于此层，只须问之雪艇先生（王世杰）便可取证，二十八年（一九三九年）秋末，漱从诸同人之后，有"统一建国同志会"之组织。十一月廿九日晋谒最高当局陈述其事，雪艇、岳军（张群）两先生同在座。事毕，附雪艇先生车回青年会寓所。雪公于车中问曰：此当是一政党邪？漱答曰：否。此固不足以言政党；抑我根本反对在既成政党外，再添多一个竞争单位。欧美式宪政不合中国需要，平时为然，战时尤然，战时为然，战后亦然。吾人志在求得全国团结，党派合作；其为此组织，盖所以形成一推动力而已。标名"统一建国"其命意亦既可见，此一段谈话，雪公或不遽忘之也。

然鄙意所存，雪公实不了然。较为了解者，唯岳军先生。其时正当参政会上通过早施宪政案之后，宪政运动一时遍满市衢。而漱则方自华北游击区目睹党派交恶短兵相接之实况而归来，曾访岳军先生长谈两句钟。愚谓宪政在此时，实属"文不对题"，岳军大以为然，若深有同感者。愚又亟言，今日莫急于团结统一，然非将全国军队统一于国家，不足以举国家统一之实。其实行又必自军队脱离党派关系始，此则必须先解决党派问题。因陈其综合各党，成立大国民党之计划（此计划于二十七年［一九三八年］十二月曾为文论之，格于审查未得发表，经叶楚伧、刘百闵二公退还作者），当时岳公虽笑我之迂，而于区区之诚则似有喻焉（事隔两年之后，三十年［一九四一年］三月四日岳公访我于特园，犹及往日谈话，而致其许可勉励，足见注意不忘）。

此外则时常见面如沈衡老，如左舜生、张申府诸兄，更莫不知漱之固执己见者。盖诸公所为宪政座谈会、宪政协进会，漱皆谢不参加也。夫漱非敢立异于时贤也，距今十年前（民国廿三年［一九三四年］）立法院表宪草，征集意见；其时天津《大公报》初辟星期论文栏，漱既为文论之矣。其标题便是《我们尚不到有宪法成功的时候》。窃抱此见地，至今殆积十有五年以上。如此大事，苟同且不敢，苟异更不敢。特虑之已熟，见之甚审，进止之间自有定耳。根据上述诸事实，则漱今日不应此次之征，其亦可邀谅矣乎！

劝我应征者，将必曰：子以宪政期之未来，今政府固亦取渐进；夫何相谬之有？斯言甚善；愚蕲望如此，第恐未必然耳。请就往事论之。当年宪政之议，漱固不愿苟同于时贤；然诸贤之出于此，必有所为则决然也。于此，漱实又不胜其同情。方抗战之初国内颇有团结气象。顾自南京弃守而武汉，武汉弃守而入川，国土日蹙，国人之不相能也乃亦日甚。前所云游击区之实况者，即其一方面。其在大后方，则执政党对于党外之压制，转迫转紧，浸至无所不用其极。人不入党，几不得以自存；言不希旨，绝难宣之于笔口。盖无互竞对抗之武力存在，自又别是一番景况也。如漱溟者正同处此境地，而身受其苦之一人。凡各方之纷纷吁求宪政者，殆有若痛极而呼耳，漱宁有不同情者。试检当时各提案原文大抵诉苦陈情之词多，而坚执宪政积极发挥者少。其单提直指，以即开国民大会颁定宪法为请者，唯执政党参政员七十余公（以孔庚领衔）之一提案耳。计提案有七，此为最后提出，政府决策，因此可见。愚深感失望矣。愚敢信：政府若自始为渐进于宪政之措施，而非悖乎其方向者，此纷纷之议可不发生。及其发生，而能相见以诚，有所矫正，亦可不烦言而解。乃于此际，竟漫然许之。即其漫然许之，其卒必又收回成命，早可预决。

所谓政府之将渐进于宪政者,吾窃未之见也。

五六年来,民有痛痒务掩之,士有气节必摧之,政之为政,党之为党,如此而已。至于今日,民心士气消沉极矣!以此而曰,胜利可求,将谁欺?欺天乎!若知恃强逞霸之不可以为政,而翻然改图焉;则民族之幸,谁不额手。古人忠恕之道,今人民主之义,一分行之,一分实效,感应至神,不言而信;不必以宪政为号召也。民主之与宪政,颇若相类,而不可以无辨。宪政较为具体,往往落于形式。而今日所急,在精神不在形式。宪政虽为远图,而民主精神则为眼前所切需。此三年来漱及同人所以揭"实践民主精神"为要求也(见民主政团同盟纲领第二条)。言宪政必备其条件,是以有筹备宪政之说,至于民主精神,何所求备于外;古人所谓"我欲仁斯仁至矣"。政府诚有取于民主精神,政府自实践之,何用许多人来筹备。不此之务,日日为言说,层叠开会议。腾之笔口,涂饰耳目。诚恐益失国内外之望;爱政府爱国家者不为也。

鄙言至此,可作一总结:实施宪政,非所愿闻;践行民主,宁待筹备。昔人有云"为政不在多言,顾力行如何耳"。此言在今日,弥感亲切。漱不赴征,诚自顾无所取,非怀挟异见,自外于抗战之政府也。知我罪我,是在诸公。倘不以为不可教,而卒教之,固所厚幸!

(右书三十二年十月八日桂林发邮)

国庆日的一篇老实话

【编者导言】本文录自《进步日报》（北京），一九五〇年十月一日。

去年今日开国盛典，我还在四川北碚；今年我却在北京了。我是今年元旦离川来京的。自到京那一天，直到现在，我都在观察、体会、领略这开国气象。尤其是从四月初间到最后九月半，我参观访问了山东、平原、河南各省和东北各省地方，亲眼看见许多新气象，使我不由暗自点头承认：这确是一新中国的开始！

我虽在许多老前辈面前，还是一个年轻人，然而当一九一一年革命时，却亦是其中小卒之一了。不管如何渺小，那次革命我曾尽一份心力。所以过去每当双十国庆，我是感觉有意味的。而这次解放战争呢，我却没有参加。从一九四六年秋到一九四九年冬，我一直闭户不出。而且当中共中央和许多民主党派号召开新政协,我还写信给毛主席和周恩来先生声明我不来。(注:信是一九四九年一月从重庆托人带出,声明我对于国事将只发言而不行动,请恕我不能来。)就为此,所以去年今日我没在京。说老实话,对于今天这新的国庆日,假如不是事后有所体认,那在我心中将不起什么兴味。

今天的国庆日,我的确感到心中起劲,因为我体认到中国民族一新生命确在开始了。究竟在哪些事情上使我有此体认?可喜的新气象到处可见,具体事例数说不完。特别是在外省比在北京多,在农工百业上比在政治上多。五个月游历的见闻和感想,我将写《中国建国问题》一书以就正于国人,这里不多说。这里我只说那最基本的。

最基本的就是我看见许许多多人简直是死了,现在又竟活起来。这话怎么说呢?过去我满眼看见的都是些死人。所谓"行尸走肉",其身未死,其心已死。大多数是混饭吃,混一天算一天,其他好歹不管。本来要管亦管不了,他们原是被人管的。而那些管人的人呢,把持国事,油腔滑调,言不由衷,好话说尽,坏事做尽——其坏事做尽,正为其好话说尽。可怕的莫过言不由衷,恬不知耻;其心死绝就在这里。全国在他们领导下,怎不被拖向死途！今天不然了。我走到各处都可以看见不少人站在各自岗位上正经干，很起劲地干，乃至彼此互相鼓励着干，有组织配合地干。大家心思聪明都用在正经地方。在工人就技艺日进，创造发明层出不穷。在农民则散漫了数千年，居然亦能组织得很好。这不是活起来，是什么？由死到活，起死回生，不能不归功共产党的领导。共产党大心大愿，会组织，有办法，这是人都晓得的。但我发现他们的不同处，是话不一定拣好的说，事情却能拣好的做。"言不由衷"的那种死症，在他们比较少。他们不要假面子，而想干真事儿。所以不护短，不掩饰，错了就改。有痛有痒，好恶真切，这便是唯一生机所在。从这一点生机扩大起来，就有今天广大局面中的新鲜活气，并将以开出今后无尽的前途。

真有信心的人，用不着夸大其词作什么"好文章"。只这篇起码的老实话，我以为在庆祝今天国庆上足够了。

於境知足於學知不足
甚難能有意識如有勿為
一九八一年夏為次孫
欽東索書
八十九老翁漱溟

孔子真面目将于何求?

【编者导言】此文为一九二三年应邀在燕京大学讲演的讲稿。录自《燕京大学周刊》第二十五至二十六期;增刊《北京大学日刊》第一三七二号。

作者作此演讲时,任教北大,并于一九二三年开讲"孔家哲学"一课,推崇和肯定孔子人生思想。这一"尊孔"态度,在当时"打倒孔家店"的浪潮中,显得是反潮流的,这就引起学界的格外关注。正是在这一大背景下,燕京大学学生组织邀请作者作此演讲。在演讲中,作者鲜明地指出,"只有去讲孔子一生着力处——生活——那才是讲孔子","他所谓学问,就是他的生活,他一生用力之所在,没在旁处,只在他的生活上","我们就应当从生活上求孔子的真面目"。本着这一认识,作者研究孔子,介绍孔子,并在自己生活中践行之,终其一生。

今天得来到贵校演讲，鄙人觉得非常荣幸。所要谈的题目是"孔子真面目将于何求？"。今天只能说到哪里去找孔子的真面目，至于孔子的真面目是什么，不是今天所能讨论的。我们要讲明到哪里去求，不可不先晓得"取材"和"方法"这两个条件，先说明了这两个条件，然后再论及孔子的真面目到底往什么地方求去。

（一）**取材** 中国的书籍，真是"浩如烟海"。在这"浩如烟海"的书籍里，关于孔家的也多至不可数量。打算寻出一个头绪来，实属困难。现在只好就孔子手定的六经来讲，但是学者对于六经，尚有如"今古文"的争论，迄今无有定局。我们现在要研究他，也只好以争论较少的书为凭。如此我们的取材，可以分作两样：

（甲）严格狭窄的取材：六经中比较着少有问题的是《论语》和《易经》；但《易经》的《系辞传》是否为孔子写的，也不能确定；所以最少有问题的，就是《论语》了。《论语》里虽也有假托的，如孔子对子路谈"六言六蔽"，然而大部分还靠得住。

（乙）宽泛的取材：不但那些假托的书籍中可以取材，那些先后各学派的书籍中也可以；至取材以通俗一般人对于孔子的见解，亦可作为研究的材料。他们所说的，不一定是对的；就是错了，我们可以问，到底为什么单错到这边来而不错到那边去？这是很可研究的。譬如一般人以孔家为迂缓或文弱，这必定有个缘故。他们的见解，虽然不对，但是可以指给我们一个大概的方向，让我们不往别的方向去寻孔子。我们所找得的结果，不一定就是迂缓或文弱，然而可以给那错看孔子的人说出一个缘故来。如不能说明这个缘故，那末，我们所得的结果，仍非其根本精神所在处。

（二）**方法** 孔子所谈论的问题是很实际的。他拿生活的事实来讲授给人；他的每一句话，都可以代其一件生活的事实。我们讲孔子，不应只在文字上求，文字不过是代表观念的符号。譬如"仁""慎独"……全是代表观念的符号。后人则仅在这种话头上转来转去；虽然也能说出一点意思来，不过是极其"恍兮惚兮""迷离徜徉"的。我们要揭去符号的皮壳，找到它所代表的事实，好知道这究竟是指着什么说的，让那件事实灼然可见。这样，全不必引用书中的名言词句，也就可以明白了。如此，才有了根据，使我们可以开辟新的意思，可以继续着寻求。

凭借以上所说的取材和方法，我们现在来问：孔子的学问究竟是什么东西？从《论语》上所找来的结果：孔

子所谓学问,是自己的生活,《论语》上说:

> 子曰:吾十有五而志于学,三十而立,四十而不惑,五十而知天命,六十而耳顺,七十而从心所欲不逾矩。

我们不必瞎猜:"所学","而立","不惑"……这些名词的内容,究竟是指什么说的,我们现在通通的不知道。但是我们所能知道的,从孔子的幼年以至于老,无论是"不惑""知天命""耳顺"……都是说他的生活。他所谓学问,就是他的生活。他一生用力之所在,没在旁处,只在他的生活上。我们可以再从《论语》里,说两个佐证:

> 哀公问,弟子孰为好学。孔子对曰:"有颜回者好学,不迁怒,不贰过,不幸短命死矣!今也则亡,未闻好学者也。"

木匠的好学生当然是善做木工了。画匠的好学生当然是善画了。至于孔子的好学生,到底是会干什么呢?颜回是孔子顶好的学生,而他所以值得孔子的夸奖和赞叹,就在这

"不迁怒，不贰过"的两点上。我们在这两点上，也不敢乱讲，说是什么意思。但是的确知道，孔子是指着颜回如此的生活，而夸奖而赞叹的。再看第二个佐证：

> 子曰：回也，其心三月不违仁。其余则日月至焉而已矣。

颜回顶大的本领，是"其心三月不违仁"。到底"不违仁"这个符号是怎讲，我们现在也无从知道；但是孔子所说的系指颜回的生活，这个符号，就是代表生活，是可以断言的。

从此可知孔子自己的学问是生活；他的学生所以值得他赞叹，也是因为生活。根据这个结果，我们有以下的讨论：

（甲）我们将大方向已经确定了：就是知道孔子和他的学生一生所着力的是在生活上，我们就应当从生活上求孔子的真面目。若对于他的生活，能彻底的了解；对于他的面目，自然就认识了。认识了他的面目，然后才可去谈他的其他学问。

（乙）我们从此可以证明出来，在孔子主要的只有他老老实实的生活,没有别的学问。说他的学问是知识、技能、艺术或其他,都不对的,因为他没想发明许〔多〕理论供给人听。比较着可以说是哲学,但哲学也仅是他生活中的副产物。所以本着哲学的意思去讲孔子,准讲不到孔子的真面目上去。因为他的道理,是在他的生活上,不了解他的生活,怎能了解他的理呢?

(丙)平常人主张孔子的,攻击孔子的,多讲"三纲五常",以为这就是孔子的精神所在,其实这原是与孔子的真面目不大相干的。"三纲五常"是否为孔子的东西,我们无从知道。这些东西,全是属于社会方面的。若所谓"不惑""知天命"等等,只是他个人的生活,并未曾说到社会。即认"三纲五常"是孔子的东西,那也是由他生活上发出来而展布于社会的。所以打算主张孔子,或攻击孔子,要根本地着眼在他的生活上才是;若仅主张或攻击"三纲五常",就不对了,那也是主张攻击到旁处去了,断没论到孔子的根本精神上。

(丁)新经学家如廖平、康有为辈,都以《礼运》上的"小康""大同"来主张孔子。《礼运》是否为孔子所作,本已可疑;即认定为孔子的东西,也不过是社会政治的几方面,那也讲到旁处去了。只有去讲孔子一生着力所在的——生活——那才是讲孔子。若对于他的根本的学问没有了解，讲旁的，有什么相干？

（戊）证明胡适之先生《中国哲学史大纲》里面一条的不对：胡先生以为《学》《庸》应在孟、荀之前，因为"儒家到了《大学》《中庸》时代，已从外务的儒学进入内观的儒学。那些最早的儒家只注重实际的伦理和政治，只注重礼乐仪节，不讲究心理的内观"。然而试看孔子的生活和"回也，其心三月不违仁"，那不是心理的内观吗（用"内观"二字我本不赞成）？所谓"不迁怒""不贰过"，更全是内心的生活；若说是"外务"，那便大错了。孔子自己说："默而识之，学而不厌"，要先"默"，才去"学"，这岂是"只注重礼乐仪节"呢？

我们所能晓得孔子的，主要的是他的生活。从书中找他讲论生活的地方，又只有到《论语》里去找。但是《论语》一书不同于《孟子》。孟子好辩，有长篇大论的文章容易观察出他的精神所在。《论语》只是零零散散的话语凑合成的，打算找孔子的特色，非得费一番整理的工夫不可。我们什么时候能将散乱的《论语》一条一条地整理出来，然后拿一个最重要的条件，贯穿全部，就算得孔子了。例如：

古者言之不出,耻躬之不逮也。

君子欲讷于言,而敏于行。

仁者其言也讱。

子贡问君子。子曰:"先行其言,而后从之。"

君子耻其言而过其行。

其言之不怍,则为之也难。

巧言令色,鲜矣仁。

刚毅木讷,近仁。

以上这些话,可以归作一条去研究,即是说当作一个态度去研究。我们所归纳出的态度是:不要讲许多好话,只要实实在在地按着所讲的去实行在自己的生活里就够了。

再将别的一类的话,用同样的方法,归并成一条一条的,作为一个态度一个态度的去研究。这样,全部散碎的《论语》,只有几条,那时便容易下手研究了。

现在将孔子的生活的态度,举几条作例,给大家看:

(子)最昭著最显明的生活,就是"乐"。试看孔子自己怎样表明他生活的"乐":

子曰：学而时习之，不亦说乎？有朋自远方来，不亦乐乎？人不知而不愠，不亦君子乎？

单从这几句话里，我们可以看出他的生活是何等舒畅自得！

叶公问孔子于子路，子路不对。子曰："汝奚不曰：其为人也，发愤忘食，乐以忘忧，不知老之将至云尔。"

这可以见出孔子里边的那种乐趣，畅快，力量，是非常之大的了。

子曰："贤哉回也！一箪食，一瓢饮，在陋巷，人不堪其忧，回也不改其乐，贤哉回也！"

孔子自己的生活是如此的乐，他顶好的弟子的生活，也是如此的乐。这"乐"字在《论语》里是常见的，并且没有一个"苦"字。

子曰:"君子道者三,我无能焉:仁者不忧,知者不惑,勇者不惧。"子贡曰:"夫子自道也。"

他的弟子子贡承认他是能这样做的,所以说"夫子自道"。"知"与"惑","勇"与"惧","仁"与"忧",都是对待的字。孔子说"仁者不忧"。到底仁者是怎样的呢?仁者就是"不忧"的人。反过来说忧者就是不仁了。要打算做仁者必得要不忧,不忧就是乐了。所以也可说,仁者就是乐的。更有许多话可引的,如:

> 知之者不如好之者,好之者不如乐之者。
> 知者乐水,仁者乐山……知者乐,仁者寿。
> 默而识之,学而不厌,诲人不倦。
> 饭疏食饮水,曲肱而枕之,乐亦在其中矣。

看他这般的乐,不厌、不倦,无时无地不是乐的,"乐"真是他生活中最昭著的色彩呵!此外还有一个最有关系的例:

君子坦荡荡，小人长戚戚。

荡荡戚戚，都是生活的情状。这仿佛在伦理上的君子小人，也因此有了分别。以前所举的例，只是自己生活的情状；现在生活上的苦乐，却和伦理的善恶连到一块了。乐与善有关系，苦与恶也有关系。那么，设如人要不乐，就不免有做小人的可能。

（丑）孔子生活上最昭著的色彩是"乐"，最重要的观念，就是"仁"了。有人查过，《论语》内见"仁"字，凡一百零五次，专讲"仁"的，就有五十八章。从此也可看出"仁"字，是个最重要的观念了。

（寅）讷于言而敏于行。（见前）

（卯）不迁怒。

（辰）不贰过。

（巳）反对功利。如"君子放于利而行，多怨"；"君子喻于义，小人喻于利"等。

（午）礼乐。

（未）反对刑法。如"为政以德……""道之以政，齐之以刑，民免而无耻。道之以德，齐之以礼，有耻且格"等。

（申）天命。如"不知命无以为君子","五十而知天命","乐天知命故无忧"……

（酉）孝弟。如"孝弟也者,其为仁之本与?"……

以上各项不能一一详说,不过举个例罢了。

我们要寻出一条道理来,试着去贯穿以上的各项,如能通盘串起,那么这条道理便可以说是孔子的真面目。如果寻出的道理不能完全串起,便当放下它再去寻求。循着这个方向走才能说是正当的路。至于所得的如何现下不及备说了。

十二、十一、二十五

敬答一切爱护我的朋友,我将这样地参加批孔运动

【编者导言】本文写于"批林批孔"运动中,时在一九七四年二月间。

从批孔运动发动以来,好多朋友因我自称保留不同意见,而没有积极参加,为我担心,怕我犯重大错误,忠言劝勉,十分可感。今写此文,敬答厚爱。先从我没有参加运动说起,然后再说我将怎样地参加。

我个性很强,遇到问题要独立思考,以自觉自愿行之,所以初时没有随群众参加运动。个性很强,既有其生来的一面,亦有其后天环境条件造成的一面。父母钟爱幼子,我自幼行动任性。突出的例子,如我十六七岁就想出家学佛,一直不放弃此念,直到二十九岁。此一动念不是受了什么人指教,而是自己思想上认为人生只有苦恼,只有麻烦,不值得生活。虽违亲长之意而不肯改。自己寻求

佛典来看，暗中摸索，看不懂，亦要看。又如清末读中学时，便参加当时的宪政运动，又转而参加辛亥革命。父亲虽教我维新爱国、救国，但于革命则不同意，然而他已无可奈何了。因父亲主张维新，所以没有叫我念四书五经。既没有受旧式传统教育，而清末新兴的学校教育，我所受到的亦很浅，仅到中学而止。因此我没有被动地灌输许多书本知识，给我头脑加重负担，而容我头脑自由活动，发挥它的活力。这是一生最幸运的事。八十年来我一生行事，总是自己主动，不是被动。一生中许多事情是独自创发，不是步人后尘。例如我搞乡村建设运动十年，虽赖许多朋友合作，渐渐得各方广泛响应，而风气总是我开的。又如民主同盟组织的出现，固然没有各方面参加赞助不会有成，但从开头发起，以至后来成立宣言和十大纲领，都是由我执笔。特别是抗日战争中。我取得蒋方军委会和延安两方同意，带领几个朋友，去华北华东游击区域视察，鼓舞抗日，共走了六个省份，八个月之久。不是有"一不怕苦，二不怕死"的话吗？我若怕苦怕死，是不会去那个艰苦危险地带的。总之，我的一生，是主动的一生。一九五〇年"五一"节，在天安门城楼上我看见当时无党派人士联名向毛主席献旗，旗上写着："我们永远跟着你走!"我那时心里想:从我口里是说不出这话来的。

正为我从来个性如此,所以批孔运动起来,我不理解,我不同意,但我想这是一政治运动,必然有其必要,我尊重领导,绝不能做妨碍的事。我不说话好了。同意的话在我口里说不出来。以上就是说明我所以没有参加批孔运动。

以下说明现在我将怎样地参加批孔运动。

由于好多朋友劝勉的殷切和细细想《红旗》二期短评中"这不是个学术问题而是个政治问题"的指点,我决定在原计划写《今天我们应当如何评价孔子》一文之作,另写一文来参加批孔运动[1]。前后两文写法不同。其不同如下:

前篇是站在今天立场评价孔子,一分为二,亦含有批判在内;后一篇则从当前政治上的需要,专批儒书流传在过去二千多年历史上起的不良影响,特别是在当前社会主义革命和社会主义建设上有碍作用;说话偏于一面。

前一篇为了评价孔子,就要谈到孔子当时的阶级立场问题,从而不能不涉及当时究竟是个什么社会。而这个

---

[1] 今不见有此文稿;似未写出。

社会发展史问题正是聚讼已久的，文中虽不能多谈，但自己有意见不能不说。因此前篇提出奴隶制社会在中国大有疑问的意见。但孔子当时是处在阶级社会是没有疑问的。是否封建社会呢？它也不同于欧洲日本的封建社会。像这样地涉及学术的研究分析，后一篇完全避开不谈。——这是前后两篇写法不同的一例。

后篇是以批判儒书中常见的许多言词为主。那些语言教训每每妨碍或缓和阶级斗争，在过去既不利于中国社会进步，在今天更为有碍，必须扫除。像所谓"中庸之道"，一般均理解为折中主义，不斗争而调和，即其一例。然而细审原书"天下国家可均也，爵禄可辞也，白刃可蹈也，中庸不可能也"和"极高明而道中庸"的话，见得中庸不是浮浅的事，不是折中调和的意思。听说陈伯达曾用辩证观点或辩证法来解释中庸，完全是附会胡说。毛主席一九五六年十二月十二日有反对折中主义一文，指出貌似辩证法的折中主义有五个特征，都是要不得的。究竟当初儒家说的中庸何所指，我们不必管它；若细究起来，便进入学术研究去了，不属后篇的事。——如此之类，就是后篇不同于前篇之处。

顺便附带说，在前篇亦没有谈这个中庸问题。因我自己还不够谈这个问题。它所指的具体事实，是人生生活上的具体事实，不是抽象的思想，不是哲学。哲学，只是古希腊人好讲的，在古中国古印度原都没有哲学。印度哲学只是印度宗教生活的副产物。其意原不在讲哲学。中国古儒家亦不想讲哲学，而是在指点人生实践。所谓中国儒家哲学只是其道德生活的副产物。我对于儒家或佛家都还是门外汉。我只在门口向里面望一望，望见里面很深远广大，内容很丰富，却没有走进门去。就是说，我缺乏实践。我如果有实践功夫，有较深厚的涵养，那表现出来的将早不像现在这样了。我是个凡夫俗子，一个平常人，对于那"极高明而道中庸"的"中庸"，是远远不够谈它的。因此在前一篇内亦就没有谈。

成都诸葛武侯祠拜谒志感

【编者导言】此手迹原件现存于成都武侯祠,今其木质手刻件则悬于祠内,供游人观赏。

中国历史悠久,往圣先贤曷可胜数,而吾所深爱则蜀汉诸葛公其人也。世俗传说恒在公之多谋善断,乃至种种制造之工巧,殊不知公之所大不可及者,乃在虚怀纳谏,勤求己过,唯谦唯谨,感人至深也。其事例试读公遗集不既征见一斑乎。

回忆一九三七年五月,吾初次入川,即趋成都造谒公祠堂,伏地叩拜,欣偿夙愿焉,计其时吾年四十有四,而今九十有三,追忆往事前尘,盖忽忽五十年于兹矣。

一九八六年九月梁漱溟识于北京

《论语》决不可不读

——蒋著《十三经概论》读后特志

【编者导言】此文作于"文革"中。"《论语》决不可不读"之标题为编者所加。

蒋伯潜(一八九二——九五六),浙江富阳人。一九二〇年入北京高等师范国文系。一九四九年后任浙江省图书馆研究部主任。

从同学王星贤借得蒋伯潜著《十三经概论》翻阅至再,获益良多。我少时未曾诵习四书五经,由小学而中学,所学者一些教科书而已,唯《春秋》《左氏传》,有少许在中学时曾闻讲授。若旧日读书人所必读之《论语》《孟子》,在我只自己数取来阅览之,幸其间少艰僻文字,自己可以大致通晓,遇有某些文字虽不晓其音读,而贯串上下文亦可晓其意旨。然既未上口成诵,自己行文欲加征引恒须检索之劳。至若《诗经》《书经》则更安于不求甚解，未曾用心寻绎。我之谫陋如此，世人不知也。今得蒋著填补了我所必需的某些知识，自尔欣喜不胜。

我更须指出，蒋著实有极好极大贡献于现时的绝大多数知识分子。现时除极少数专治古籍的学者外，一般知识分子的精力要用于学外语和各科常识，其中少数或且进修某一专科学问，固皆不暇一读古书，但我以为其他古书尽可置之不读，而作为一个中国知识分子却于《论语》决不可不读，然而通用之《论语》版本又存在许多错误乃至极其荒谬处。蒋著于此，既资借前人研究，又出于他自己卓识，加以判别抉择，多有昭示，俾我们避免陷于错误，不自觉知；抑或节省了我们许多思辨之劳。我赞其为功非小者在此。

读新版李氏《焚书》《续焚书》

【编者导言】一九七三年末由国家最高领导人亲自批准和发动了"批孔运动",李氏著作中多有"菲薄孔子"的言论,正合乎"此时势需要而被推奖",于是中华书局于一九七四年重新出版了《焚书》《续焚书》。作者读此二书后,写有读书笔记,曾收入《勉仁斋读书录》,今将其选录于此。

李贽(一五二七——一六〇二),号卓吾,明晋江人。曾任云南姚安知府,后从事讲学著述。反对礼教,抨击道学,自标异端,屡遭明廷迫害,终以"敢倡乱道,惑世诬民"罪名入狱,自刎而死。

一九七四年中华书局新印出李卓吾《焚书》《续焚书》,顷者偶得展读,有些感想分条记之如次:

一、新版有可赞赏者两点。勤于增补,内容丰足,一也。原著多有迷信唯心主义不合时宜之言论，不为删汰，并存其真，二也。

二、李氏言论既因时势需要而被推奖，大为今时人所注意，其人才品学问如何，试以我所见一为评价，用供参考。（用供后人参考而已，无意即时发表。）

三、吾意卓吾才品自是卓越不群，古今之所稀见。第若衡论其学问则显然不足取。这里所说的学问，即彼一生所宗仰的佛、孔、老古东方三家之学。

四、卓吾之品绝高，其才绝奇。其品其才，都见出他一生表现都植根在人类生命深处——从人类生命深处发射出来的光芒。在他当时的人们虽远不及他，但究竟同样都是人，而人心有同然，他的才品自会唤起人们极大注意和同情以至心理上的共鸣。不过同时另一面因为他品高才奇偏远乎一般，又不免为俗情所不容，而受到歧视和排斥。特别是他具有革命精神，不能为统治阶级所容许。

五、因他矫然不附和儒士俗流，好像菲薄孔子，如其所云自汉代以来千数百年"咸以孔子之是非为是非，故未尝有是非"者，遂为今天革命家所欣赏。其实我们应当知道：孔子曾未示人以固定之是非——曾未以固定之是非示教于人。《论语》中所说："子绝四：毋意，毋必，毋固，毋我。"又曰："我则无可无不可。"孟子——善学孔子者——要人"由仁义行"而不要"行仁义"。行仁义者，规定一条是非准则而循行之，有如后儒"三纲五常"之教者，原非孔孟之所取也。五十多年前我在旧著《东西文化及其哲学》一书中讲到"孔子之不认定态度"一段话，可参看。今天不善学马克思主义者，不有所斥为教条主义、公式主义者乎？人们误落于教条主义、公式主义，马克思固不任其咎，又何可因不善学之后儒而归咎孔子耶！

毛主席曾说马克思主义并未结束真理，而要在开出了认识真理的道路（见《实践论》）；孔子亦犹是也，孔子亦只是示人以求得真理之路耳。（马克思主要在示人以求得客观事物之理，孔子则教人如何认识社会人生的情理。）

六、何以说卓吾学问不足取？此其明证颇多。例如他削发为僧，乃对人说："今世俗子共以异端目我，我谓不如遂为异端，免彼等以虚名加我。"发菩提心出家，何等宏愿大事，乃其动念如此，岂不可叹可笑！谅他动念出家或未必由此，而实是蓄志已久者，但有此种说话便见其浅隘无学问。又例如佛、孔、老三家之学实各为一事，乃

在卓吾谈来则同等齐观，模糊不明，竟若不需加以别择者，其学问所得何在耶？（参看我《儒佛异同论》）

七、古东方三家之学皆是身心性命之实学，各有其实在功夫，各有其步步深入之次第进境。今人却把它视同西洋人的哲学思想空谈，真错误之极。三家之为学不同，而莫不收变化气质之功（我写《人心与人生》曾谈及之）。宋儒大程子说过"学至气质变化方是有功"；掉转说，未见气质变化即是未曾致力真实学问之明征。人的气质莫不各有所偏，不过庸常人所偏便不大显耳。卓吾人非凡品，其气质之特偏昭然共睹，而垂老至古稀之年不见其改，终于负气自刎死；这便是他未曾有得于学问之最大明征。

八、卓吾虽无实学，却非无妙悟与深识；此于其深深佩服王龙溪、罗近溪若以不及门从学为恨者可以见之（试读其先后在闻王罗之讣时所为两篇告文可见）。王罗二公之学皆启发于阳明，而于古东方三家有所会通者；自非有相当妙悟深识不能有此佩服之诚也。

九、学问之至者，通达无碍。在学问上我之不取卓吾者，以其一言一行之多碍也。我自视在思想上是能通达无碍的，却非有实学又不异乎卓吾李老，此不可不自白之。卓吾老最不可及者在其率真无伪饰，在人品上我有愧于他而钦佩他,此又不可不自白者。衡论古人,行念自身,此言或不为赘。

一九七五年四月漱溟时年八十有三

佛家列举五十一心所有法内,既有"惭""愧"二法,又有"无惭""无愧"二法。往者印光法师恒自称"常惭愧僧",见其向道修持之殷切。卓吾狎妓食肉,但知快一时意兴,却大悖佛戒;虽云率真无伪,正是无惭无愧,悍然不求实学实修,虽有妙悟,抑何足取?

右文[1]既成,又随有未尽之词,特补志之如上。

漱溟二十四日(印)

---

[1] 原文系竖写,从右至左排列,故说"右文"。——编者

个人出自社会,社会大于个人
——读书摘句及按语

【编者导言】摘自何书未详。标题为编者所加。

他让多数人跟着他走,听他的话,为什么能如此?因他代表多数人的要求,他的所见符合客观事实,他的行动为时代社会所需要。

把伟大人物称呼为"发起人",这个说法用得极其中肯。他所致力的活动,是这个社会必然的不自觉的进程之自觉自由的表现。他的作用全在于此,他的力量全在于此(不能更多)。但这是种莫大的作用,是种极大的力量。

个人的特点,只有在其社会关系所容许的那时候、地方和程度内才能成为其社会发展的因素。

漱按：没有单独的人，只有社会的人，任何个人总是社会历史产生出来的。创造一社会的历史新局，亦是由此一社会创造而成的，非任何个人所得居其功。当然有其中功最大最大的伟人，不容否认；却莫忘掉协同辐辏支持他的有全部社会力量在，而笼统颟顸地归到他一人份下去。

再说：个人出自社会，社会大于个人；当前一期的历史发展变化，在过去久远的历史中固有其渊源之所自来。那么成功不在个人，成功不在一时就更明白了。

风俗人情古厚今薄
——读《家庭、私有制和国家的起源》注释一则

论知识积累、智力开发，在往古虽不逮后世，而论心地感情则古人诚实笃厚又大非后世人所及。世界各方各族情况不可一概而论，但于此则大抵不相远。此亦犹之个体生命，人当幼小时天真无欺乎？风俗人情古厚今薄，万方同概。

兹录取恩格斯《家庭、私有制和国家的起源》中恩格斯所写之一注释以资参考：

> 在爱尔兰住了几天，我重新生动地意识到该地乡村居民还是如何深刻地在氏族时代的观念中过着生活。农民向土地所有者租地耕种，土地占有者在农民眼目中还俨然是一种为一般人利益而管理土地的氏族长；农民以租金方式向他纳贡，但在困难时应得到他的帮助。该地并认为，一切殷实的人，当

他的比较贫苦的邻人有急需时,须给予帮助。这种帮助,并不是施舍,而是较富有的同族人或氏族人理应给予较贫苦的同族人的。经济学家和法学家抱怨爱尔兰农民不能接受现代资产阶级财产观念,是可以理解的;只有权利而无义务的财产概念,简直不能灌输到爱尔兰人的头脑中去。当具有这样天真的氏族制度观念的爱尔兰人突然投身到英国或美国的大城市里,落在一个道德观念和法律观念都全然不同的环境中,他们便在道德和法律问题上完全迷惑失措,失去任何立足点……(见《马克思恩格斯文选》[两卷集]第二卷,第二八四页小注二)

这段话是同《共产党宣言》指出资本社会"使人与人之间除了赤裸裸利害关系之外,除了冷酷无情的现金交易之外,再也找不出什么别的联系了"恰相印证的。从而见得:一、世界各方各族风俗人情的厚薄总是有今不如古之叹;二、同在十九世纪同在欧美而各地之间,城市与乡村之间风俗人情竟然大不相同,不容漫然不加分判。至于在东方,在中国,更有当别论者。

率直无隐以报梁任公

——读《饮冰室合集》内任公一讲演有感

【编者导言】此文写于一九七三年。是年十月十八日《日记》中写道:"抄取梁任公年谱中自悔语句。"标题为编者所拟。梁任公即梁启超,号任公,广东新会人。近代思想家、教育家,戊戌维新运动领导人之一。其著作辑为《饮冰室合集》。

民国十年(一九二一年)十二月廿日梁任公在北京高等师范平民教育社讲演,载入《饮冰室合集》内文集第十三册,有如下自己知悔之言:

(上略)别人怎样议论我,我不管。我近来却发现了自己一种罪恶。罪恶的来源在哪里呢?因为我从前始终抛不掉贤人政治的旧观念,始终想凭借一种固有势力来改良这个国家,所以和那些不该共事或不愿共事的人共过几回事(似指两次入阁当政——漱注)。虽然我自信没有做坏事,多少总不免被人利用做坏事,我良心上无限痛苦,觉得简直是间接的罪恶。(下略)

在此之前有《吾今后所以报国者》一文既有悔悟之言,载入文集之第十二册。如云"吾尝自讼吾所效之劳,不足以偿所造之孽"。

任公先生是有血性的热情人,其自号"饮冰室"甚恰当,其不足负担政治重任,而徒供他人利用是决定的。其卒有悔悟是有良心不昧者,以视康有为杨度辈悍然作恶值得原恕。

情感浮动如任公者,亦是学问不能深入的人,其一生所为学问除文学方面(此方面特重感情)外都无大价值,不过于初学有启迪之用耳。

小子既尝受知于先生,先生于我多所奖掖,然于先生一生功过得失不能不明白率直言之,即此率直无隐即所以报先生也。

漱溟附识(印)

生物生命与天时节气变化息息相关

【编者导言】此文一九七六年写成后,曾寄著名中医岳美中大夫一抄件;今收入本书为首次公开发表。

一九七六年二月廿五日北京《参考消息》转载香港一周刊一篇译文,题为"生物体内有时钟"者,阅之使我联想中医学理显然相契合。兹就其译文摘取几点如次:

"生物时钟专家"发现每一种生物,由微小的单细胞草履虫以至于人,是由一复杂的天生的生理节奏所控制。换句话说,是像有一时钟般的调节,使每一种生物保持其特别的节奏。

在一天中某一时间拔牙会比其他时间拔牙出血更多,受损更大。定出人类生理节奏周期这些一天中的高峰与低谷,可导出更好的预防医药措施。

生理节奏早在一七二九年已为法国天文学家所认识。他注意到他家中植物，每晚垂下叶子，而白天再次昂起叶子。出于好奇心，他把一株植物移进一间密闭室，并保持它在完全黑暗中。这株植物仍然有着像时钟般的规律性，按往常时间昂起叶子和垂下叶子。

但直至一九四〇年左右，生物学家才认识到这种研究是寻求一种重要的新的生物规律。

许多植物在白天昂起叶子以便最大限度地饱浴阳光，在晚上则垂下或折起叶子"睡觉"，防止重要水分的散失。

不独动物的生理活动有周期性的节奏，就是它们对痛痒的感觉、视觉、嗅觉、味觉、思想和记忆的灵敏性，对疾病、噪音、精神创伤、死亡等的敏感性亦有周期性的节奏。

例如某些酶及分泌液的生产，细胞分裂增殖的时间，某些生物化学过程发生的时间等，这些都是身体内的重要节奏。

药物在较低等动物有其最大效能时间，在人类亦然。心脏病人在上午四时对洋地黄（一种强心剂）的敏感度约大于平时四十倍。糖尿病人亦是在上午四时对胰岛素最敏感。在一天廿四小时中上午四时出生和去世的人较多。（下略）

如上摘录，约可见其大意。

宇宙实为一大生命体；盖人类和动物资于植物以生活，植物资于无生物以生活，固是浑然生生化化不可分离之一体。生息于大地之上，日星之下，因其旦暮昼夜之变化，春夏秋冬廿四节气发展之不同，而种种生物自然随之各有其生命上抑扬、起落、或张或弛之现象。此即现代生物时钟学家的研究所由产生乎？其所谓周期云，节奏云，规律云者正不外此耳。

今之科学家所引起注意研究之事理，盖早在中国古医家所悟见辨识中，而且应用之于其诊断治疗者久矣。近读友人岳美中先生《医话》之作，即著有其例，爰录取于后。

一例：昔曾治一中年妇女陈姓之病经血漏下者，其病经过中西医多次诊治，久无效验，后就我求医，疏予止血漏的古今方数剂亦罔效。因细询其漏血之时是在昼在夜。她说只在上午，余时不见。我想白昼属阳，上午为阳中之阳；考虑病情是阳气虚，无力摄持阴血，届上午即漏下耳。因处以四物汤加炮姜炭、附子炭、肉桂。方：熟地黄炭五钱，白芍炭四钱，川芎二钱，当归三钱，附子炭二钱，炮姜炭二钱，肉桂钱半。服药三剂，经漏即止。

一例：又曾治一季姓之十岁女孩，其父抱持而来，合眼哆嗦伏在背上，四肢不自主地下垂软瘫，如无知觉之状。其父主诉孩子病已三天，每到上午午时、夜半子时上下即出现这种症状，呼之不应。但过一时许即醒起如常人。延医诊视，不辨何病，未予针药。我见病状及聆病情，亦感茫然，讶为奇症。乃深加考虑，再四思维，得出子时是一阳生之际，午时是一阴生之际，子午两时正阴阳交替之际，而此女孩于这两个时辰出现痴迷并四肢不收之病象，则治疗应于此着眼。但苦无方剂，又辗转思维，想到小柴胡汤是调和阴阳之方剂，姑投予二帖试治。不意其父隔日来告，服药二剂，已霍如恒常，明日拟即上学读书云。

又据岳先生谈，一年节气以春分、秋分、夏至、冬至（所谓二分二至）最关重要，实为病人生死决定之时机；自己行医五十年来阅历不爽。因述及早年在乡间为一友之姻亲某青年治肺结核病（俗称肺痨），当友人谓其病情见好时，却预告以某日早晨六时恐怕过不去。事情果如所料而验，友人讶以为神。实则不过因将届春分，阴阳争夺，揆度病人其势不免阳绝，所指日期时辰即春分之时刻耳。

岳先生与我此次谈话是在一九七五年十二月卅一日，随即指出新近郭子化同志（卫生部副部长）逝世，非正当廿二日冬至节乎？郭年寿八十，新经医院检查无病，方祝其可再活四十年，不意其不十数日而遽逝也。

现在要问："何以西方科学家新近觉察研究之事理，而中国古医家竟尔烛见之于数千年前？"此则西方人从来眼向外看，唯务察识物理，其所优为者各门科学技术，而中国学术则自古从反躬向内体认生命而有所成就（儒家道家皆然），东西学术分途，我在《人心与人生》第十三章既论列之矣；读者可参看。

一九七六年三月九日